소설을 살다

소설을 살다

이승우

마음산책

소설을 살다

1판 1쇄 인쇄 2008년 6월 15일
1판 1쇄 발행 2008년 6월 20일
문고판 1판 1쇄 발행 2019년 2월 25일
문고판 1판 2쇄 발행 2023년 1월 5일

지은이 | 이승우
펴낸이 | 정은숙
펴낸곳 | 마음산책

편집 | 성혜현 · 박선우 · 김수경 · 나한비 · 이동근
디자인 | 최정윤 · 오세라 · 차민지
마케팅 | 권혁준 · 권지원 · 김은비
경영지원 | 박지혜

등록 | 2000년 7월 28일(제2000-000237호)
주소 | (우 04043) 서울시 마포구 잔다리로3안길 20
전화 | 대표 362-1452 편집 362-1451   팩스 | 362-1455
홈페이지 | www.maumsan.com
블로그 | blog.naver.com/maumsanchaek
트위터 | twitter.com/maumsanchaek
페이스북 | facebook.com/maumsan
인스타그램 | instagram.com/maumsanchaek
전자우편 | maum@maumsan.com

ISBN 978-89-6090-570-2 03810
      978-89-6090-571-9 (세트)

* 책값은 뒤표지에 있습니다.

대개 떠오르는 것이 아니라 지나가는 것이다.
붙잡지 않으면 어디론가 사라져버린다.
그러니까 메모를 하는 것은 붙잡는 것이다.

일러두기

1. 이 책은 『소설을 살다』(2008)의 문고본이다.
2. 인용문 출처는 이 책 초판을 토대로 밝혔다.

이 책에는 소설가로서의 삶과 관련된 글들이 모여 있다. 내가 쓴 소설 작품에 얽힌 사연들과 내 시대의 문학에 대한 소회와 읽어온 소설들에 대한 단편적인 감상들로 이루어져 있다. 심각한 글도 있고 가벼운 글도 있다. 자의식이 지나쳐서 조금 불편한 글도 있고, 소설이 아닌데도 어쩐지 여전히 가면을 쓰고 있는 것 같은 글도 있다. 실은 그런 글도 좀 불편하다. 꽤 오래전에 쓴 글도 있고 아주 최근에 쓴 글도 있다. 내 소설을 이해하는 데 약간이나마 도움을 줄 것 같은 글도 있지만 어떤 글은 오히려 혼란을 줄지 모른다는 생각이 든다. 도움이든 혼란이든 대단한 것은 아닐 테고, 그래서 안심이다.

소설가는 뭔가 다르게 살 거라고 생각하고 어떻

게 사는지 엿보고 싶어 한 사람이라면 아마 좀 실망할 것이다. 나는 그다지 특별한 구석이 없는 사람이기 때문이다. 별난 집필 습관이나 내세울 만한 취미도 없다. 그러니 글이 별나지 않고 내세울 만하지 않을밖에.

그런데도 원고를 매만지면서 야릇한 즐거움과 알 수 없는 자부심 같은 걸 느꼈는데, 그것은 집필의 시차가 거의 20년에 이를 정도의, 길고 짧고, 무겁고 가벼운 여러 편의 글에 흐르는 일종의 친인적親姻的 성격 때문이었다. 따로 떨어진 각각의 글들이 서로 끌어당기고 겹쳐 하나의 큰 글이 되려고 하는 것처럼 내게는 보였다. 사실이든 아니든 그렇게 보인 것이 참 다행이다. 책을 낼 용기를 거두지 않게 됐으니까. 마음산책에 크게 빚졌다. 기획을 하고 흩어진 글을 찾고 순서를 정하는 일련의 과정을 통해 나는 여러 차례 격려받았다. 고마움을 전한다.

2008년 6월

이승우

차 례

소설 밖—소설 읽기

소설 역시
사랑이 그런 것처럼 익숙해지지 않는다.
매번 처음 쓰는 것처럼 소설을 쓸 수밖에 없다.

소설 안—
소설 쓰기

왜 나인가, 하필이면 나인가

매생이라고 부르는 바다 식물이 있다. 거미줄처럼 가느다란 검은 해초. 파래와 함께 김 양식장에 붙어 자라다가 사람들의 손에 걸려 식탁에 오른다.

내 고향에서 이 해초는 텃밭의 잡초처럼 흔하다. 나는 유년기를 보내는 동안 매생이국을 질리도록 먹고 자랐다. 대접째 들고 마시면 물처럼 후루룩 입 안으로 빨려 들어가는 그 매생이국에서는 특유의 바다 냄새가 났다. 고향을 떠난 후 20년이 넘도록 어느 곳에서도 그 음식을 맛보지 못했다. 지금이야 어디서나 먹을 수 있지만 어느 식탁에도 매생이는 오르지 않았고, 아예 그런 이름을 알고 있는 사람조차 없었다. 그곳 말고는 어디에도 없기 때문에 그 이름은 암호와 같다.

나에게 매생이는 고향의 속 얼굴이다. 의식은 그렇게 고집을 부린다. 실제로 나는 매생이국을 먹기 위해 고향에 가기로 했다. 아니, 이 말은 사실이 아니다. 나는 출장비를 받고 일을 하러 갔다. 물론 고향에 도착해서 끼니때마다 상 위에 차려져 나오는 매생이국을 실컷 먹은 것은 사실이다. 나와 동행했던 한 신문사의 사진기자는 파래하고 다른 점이 없어 보인다며 나의 유난스러운 매생이국 타령에 은근히 의심스러운 눈치를 보내왔지만, 그는 미각 속에 들어 있는 기억의 지분이라는 것을 미처 염두에 두지 못했을 것이다. 나는 매생이국을 먹으면서 아주 은밀하게 유년 속으로 걸어 들어갔던 것이다. 그렇다고 하더라도 매생이국을 먹기 위한 고향 나들이가 아니었다는 사실은 변하지 않는다. 그런데도 나의 고집스러운 의식은 그것과 그것이 무어 다르냐고 얼버무린다.

　나는 억지를 부린다. 고향에 이르지 않고는 매생이를 먹지 못하듯이 매생이를 먹지 않고는 고향에 이르렀어도 아직 고향에 이르렀다고 할 수 없다. 적어도 나의 의식 속에서는 그러하다. 나는 매생이라는 이름의 검고 가느다란 해초를 등장시켜서 내 고향행에 엉뚱한 변명거리를 삼고자 했는지 모르겠다. 아마도 그것이 진실일 것이다. 나는 고향에 가서도 고향을 만나지 못할까 봐 두려웠던 것이다. 그때를 대비해서 기억 속에서 매생이를 끌어내 준비시켜두었던 것이 아닌가 싶다.

내가 태어나고 유년 시절을 보낸 고향은 전남 장흥군 관산의 신동이라는 아주 작은 바닷가 마을이다. 그곳에 넓은 평야는 없었다. 강도 없었다. 좁고 꾸불꾸불한 논과 산을 향해 깎아 올라간, 마찬가지로 협소하고 울퉁불퉁한 밭에서 마을 사람들은 허리를 구부리고 거의 모든 세월을 보냈다.

그리고 그곳에 은총처럼 바다가 있었다. 우리의 바다는 그러나 관상용일 수 없었다. 아이들은 더러 벌거벗고 물속에 뛰어들기도 했지만 그 때문에 바다가 은총이 된 것은 아니었다. 논과 밭에 구부리고 앉아 모든 시간을 바쳐도 해결되지 않은 양식을 마련하기 위해 어른들은 또 바다로 뛰어들었다. 새벽

이면 아낙네들은 전어나 서대, 꼬막, 석화 따위를 머리에 이고 장이 서는 인근 읍내를 찾아다녔다. 그리고 겨울이 오면 집집마다 발을 치고 건장(김을 건조시키기 위해 짚으로 만들어 세운 높은 담)을 막고 발짱(김을 사각형 모양으로 만들기 위한 도구. 이것을 건장에 넣어 말린다)을 뜨며 김 양식을 준비했다. 봄부터 가을까지 논밭에서 시달린 몸은 겨울이면 매운 바닷바람과 차가운 바닷물에 절어야 했다. 한 계절도 한가하지 않았다. 그런데도 마을 사람들은 전혀 부유하지 않았다. 조금 잘살고 못사는 차이야 있었지만, 그 시절의 우리 고향에 대한 나의 기억 가운데 가장 선명한 것은 지독한 가난이다. 내가 굳이 어떤 특정한 음식(이를테면 매생이와 같은)을 통해 유년의 고향을 상기하려는 연유도 아마 거기 있을지 모르겠다.

매생이는 국을 끓여서 먹는데 아무리 뜨겁게 끓여도 김이 나지 않는다. 아무리 뜨거워도 뜨거운 것 같아 보이지 않는다. 그렇게 의뭉스럽다. 뜨겁지 않은 줄 알고 후루룩 그릇째 들고 마시다 보면 혀를 데기 십상이다. 실제로 어린 시절에 나는 그런 경험을 많이 했다. 내 고향 사람들은 그 뜨거워도 김을 내지 않는 매생이국 같다. 아무리 뜨거워도 뜨거운 체를 하지 않는다. 뜨거울 때나 차가울 때나 별 차이가 없다. 시류에 약삭빠르게 합류하거나 호들갑스럽게 요동하지도 못한다. 그렇게 의뭉스럽고 진득하다. 그만큼 주변 변화에 민감하지 못해서 늘 고여 있는 물 같다. 언제 가봐도 그 길, 그 집, 그 사람들이다. 지리적 조건이 그런 성격을 만들었으리라고 나는 짐작한다. 내 고향 마을인 신동에 이르러 육지는 끊기고 마을은 산과 바다에 갇힌다. 바다가 마을 앞에 버티고 있지만 그 바다를 채운 물의 대부분은 이 마을 앞을 지나온 물이 아니다. 비가 오면 물이 모이지만 그 물을 바다로 데려다줄 강이 없어서 많은 빗물들은 바다를 보지 못한다. 새마을 운동의 구호가 한창이던 박정희 대통령 시절에도, 상기컨대 우리 마을에는 별다른 변화가 없었다. 마을 앞까지 하루에 한두 번, 버스가 들어오게 된 것도 몇 년 전의 일이고 그나마 도로가 포장된 것은 극히 최근의 일이라고 한다.

이엉을 걷어내고 슬레이트를 얹은 지붕들은 여지없이 초라하다. 내가 한 시간씩 걸어서 읍내 중학교에 다닐 때 그렇게 높아 보이던 소산봉은 거기 그냥 있지만 어쩐지 쓸쓸하고 외로워 보인다. 나는 내 소설의 한 부분에 내 고향 마을을 이렇게 묘사한 적이 있다.

맨몸으로 오르더라도 땀이 뻘뻘 솟아나는 그 고갯길을 어른들은 서대나 전어 같은 생선을 등과 머리에 가득 지거나 이고 넘어 다녔다. 새벽 일찍 공급받은 물고기를 장터에 나가 팔기 위해서였다. 아이들은 책보를 허리에 두르고 겨울에도 땀을 흘리면서 그 두 개의 재를 넘어 학교에 다녔다. 솔매재 꼭대기에 올라섰을 때, 하늘 끝에서부터 불어와 이마의 땀을 시원하게 식혀주던 그 얼음손 같은 바람을 잊을 수가 없다. 마을로 길이 뚫린다는 소리는 선거철이 되어도 들려오지 않았고, 아무도 그런 희망을 품지 않았다. ……내 고향 마을 사람들은 모두들 운명론자들이다. 그들은

도대체 진보라고 하는 것을 믿지 않았다. 내 유년의
고향 마을은 물처럼 고여 있었다. 운명은 방죽에 고인
물과 같은 것이었다.

—졸작, 『생의 이면』, 문이당, 1995

이제는 젊은이들이 다 떠나고 없는 마을을 지키
고 있는, 주름이 깊게 파이고, 허리가 굽은, 한없이
느릿느릿 걷고 말하는 노인들에게서 나는 매생이국
을 떠올린다. 땅과 바다를 운명으로 알고, 운명에
순응하는 것만이 운명인 줄 알고, 저들은 묵묵하게
인생을 살아내고 있다. 어째서 모든 고향에게서는
숙명의 냄새가 나는가 하고 묻는 것은 어리석다. 그
것은 고향을 지키고 있는 사람들의 냄새다. 그 냄새
는 그들이 숙명적으로 자기들의 인생을 살아온 까
닭에 생긴 것이다. 나는 50명이 넘는 내 초등학교
동창들을 고향에서 한 명도 만나지 못했다. 그들은
땅과 바다의 숙명 앞에서 자기들의 인생을 경작하
기를 포기한 것일까. 내가 그런 것처럼⋯⋯ 그것이
진실의 전부는 아니다. 그들이 부복付伏할 숙명의

'땅과 바다'조차 그들에게 주어지지 않았다는 편이 사실에 조금 더 가까울 것이다. 그들은 내가 그런 것처럼 도시 변두리에서 고구마나 꼬막을 구워 먹으며, 또는 그 의뭉스러운 매생이국을 떠올리며 설명할 수 없는 죄의식과 함께 고향을 상기할 것이다. 어쩌면 나이가 더 들어 사람의 근본이 땅에 가깝다는 인식에 이르게 되면 죽어 뼈라도 묻겠다는 심정으로 고향을 찾아올 친구가 있을지도 모르겠다.

아무도 제 스스로 자라지는 않는다. 사람은 그가 속한 사회와 환경의 자식이다. 그런 뜻에서 모든 사람은 예외 없이 고향의 자식일 것이다. 이제까지 나는 고향과 상관없는 사람처럼 살았지만, 아, 나는 인정해야겠다. 고향의 물과 바람과 흙이 나를 키웠다.

유년 시절의 대부분을 나는 큰댁에서 보냈다. 우리 집안은 신동 마을에서는 제법 유복한 편이었다. 한때 신동 마을의 전답과 임야의 거의 대부분이 우리 집안 소유이던 황금 시절이 있었다. 행세깨나 한다는 집 아이여서였을까, 나는 다른 아이들처럼 일도 잘할 줄 몰랐고, 다른 아이들처럼 온 산을 뛰어다니며 토끼나 노루를 쫓지도 않았다. 바다를 상대로 한 경우도 사정은 마찬가지여서 파도가 담을 철썩철썩 때리는 모래밭 가까이 살았으면서도 아무렇게나 옷을 벗어 던지고 물속에 뛰어들거나 배를 타고 노를 저어 바다 가운데로 나가지 못했다.

나의 기억은 집안의 기운이 하강해갈 때의 일들을 집중적으로 채집하고 있다. 몰락의 발걸음이 그렇게도 빨랐던가. 일을 하지 않고 자라던 아이의 손에 어느 날부터 낫이며 갈퀴가 쥐였고, 아이는 낫질이나 갈퀴질이 서툴러서 다른 아이들보다 배나 힘들어했다. 그 시절에 고향 산천은 어른들에게서와 같은 생존의 터전이 아니었고, 그러면서도 마음껏 뛰어놀 놀이터이거나 아름다운 자연도 아니었다. 나는 어쩐 일인지 너무 일찍 애어른이 되어 있었고, 그 나이에 벌써 내 환경에 대한 불만으로 꽉 차 있었다. 갑자기 기운 집안의 형편에 따라 내게 요구된 새로운 생활 방식과 은밀하게 변화되어가는 주변의 시선을 수용하기가 쉽지 않았을 것이다. 더구나 어느 순간부터인가는 큰댁에 기생해서 살아야 하는 나의 처지에 대한 인식도 한층 철저해져서 나는 쓸데없이 눈치만 빠른 붙임성 없는 아이가 되어가고 있었다.

그런 나에게 고향의 산천이 자연으로 보일 까닭이 없었다. 나는 고향에 대해 친밀감이나 고마움을 느끼지 않았고 심지어 경멸하기까지 했다. 나는 왜 나인가, 하필이면 나인가, 하는 질문은 그러니까 내 존재와 나의 존재를 구성하는 조건들에 대한 받아들여질 수 없는 항의인 셈이었다. 나는 산속이든 바닷가든 가리지 않고 혼자 주저앉아 그렇게 불평과 항의를 늘어놓곤 했다. 하지만 내 고향 신동의 산과 바다는 꿈쩍하지 않았다. 그런 식의 경멸과 항의로 꿈쩍할 부모가 어디 있겠는가. 부모와 고향의 품은 그렇게 넓어서 그 불평과 투덜거림까지 품어버리지 않던가. 그곳이 아니었던들 그런 불평이나마 어디서 늘어놓을 수 있었겠는가.

그 어린 시절에 나는 어째서 그렇게 고향에 대해 불평이 많았을까. 마치 유산을 상속해주지 않는 부모에게 못된 자식이 성깔 부리듯 나는 그렇게 고향 또는 내 존재의 기반을 향해 성깔을 부리곤 했다. 무엇이 그렇게 못마땅했더란 말인가.

그랬다. 나는 너무 자주 이곳이 아닌 다른 곳을 꿈꾸곤 했다. 그 '다른 곳'이 어떤 곳인지도 알지 못한 채로 단지 '이곳'이 아니면 된다는 그 무모하기 짝이 없는 욕망은 어른이 된 지금의 나의 입가에 쓴웃음을 짓게 한다. 하지만 나는 '이곳' 말고는 다른 세계를 알지 못했다. 장흥읍조차도 나에게는 까맣게 먼 곳이었다. 지금은 길이 좋아지고 차가 좋아져서 읍까지의 거리가 단축되었지만 그때 장흥읍은 벽촌에 사는 나에게 서울이나 한가지 이름이었다. 어디를 갈 수 있었을까. 아무 데도 갈 수 없었기 때문에 고향의 산천은 내 의식 속에서 더욱 어지럽게 헝클어져갔다. 그 때문일까. 국민학교 6년과 중학생이 되어 1년을 보낸 고향 마을에 대한 나의 기억은 산천에 대한 것이 아니라 대부분 나의 자의식에 대한 것이다.

나는 도시에서 10대와 20대를 보내면서, 도시에

적응하지 못하면서도 고향에 대한 편견을 바꾸려 하지 않았다. 소설을 쓰면서도 한동안이나 고향 이야기를 소재로 삼지 않았다. 일차적으로는 내 소설의 경향 때문이지만 꼭 그것만은 아닐 것이다. 고향은 내 오래된 기억의 가장 낮은 층에 몸을 숨기고 있었다. 할 수만 있다면 고향에 닿지 않고 싶은 나의 왜곡된 욕망이 그렇게 했던 것이다. 그동안 가끔씩 고향 마을에 발걸음을 하고, 뒷산에 누워 계신 아버지의 산소에 성묘를 가면서도 나는 마음속으로는 고향에 가지 못한 것이다. 나는 왜 그런지 내 문학 속으로 내 고향을 가지고 가기가 싫었다. 문학 속으로 가지고 갈 자원이 하나나 있을 것인가 하고 생각했다.

왜 나는 내 고향이 떳떳하지 않았을까. 그것은, 내가 떳떳하지 않았기 때문이다. 그렇다면 나는 왜 떳떳하지 않았을까. 아, 나는 죄를 지었다. 존재의 기반을 폐하고자 하는 나의 낡고 오만한 자의식은 시간 앞에서 속수무책이다. 시간이 멀어지면 멀어질수록 고향과의 거리가 반대로 좁혀지는 것을 느낀다. 나는 조금씩 조금씩 나의 문학이 고향을 향해 나아가는 낌새를 챈다. 고향이 어찌 한낱 산천이겠는가? 고향은, 말하자면 위대한 서사의 공간이다. 나무 나무마다에 기억이 잠자고 있고, 길모퉁이마다에 이야기가 숨 쉬고 있다. 고향이 어찌 한낱 자연이겠는가? 고향은 기억의 근원인 것을, 존재의 밭인 것을. 문학이 그것을 어떻게 외면하겠는가?

내가 쓴 소설들 속으로 고향이 살금살금 들어온다. 나는 그 낯익은—낯선 얼굴을 보고 가끔씩 깜짝깜짝 놀라곤 한다. 아, 내가 그곳에 없어도 고향은 내 속에 있었구나. 나는 떠났는데 고향은 내가 떠난 곳에도 와 있었구나. 나와 함께 있었구나. 내가 고향을 부정해도 고향은 더 큰 긍정으로 나를 받치고 있었구나……. 그런 깨달음이 문득 나를 긴장시킨다.

하룻밤 일정으로 잡힌 여행이었는데 광주에서 발목이 잡혔다. 고향의 얼굴은 광주에서도 나를 기다리고 있었다. 정이 많은 사촌 누나는 얼마나 고향스러운지. 그녀는 내 글들 속에서 우리들의 고향이 화장도 하지 않은 추한 몰골로 나타날까 봐 여간 마음을 쓰지 않는다. "아야, 신동 이야기랑 집안 이야기 쓸 때는 좀 잘 써야. 나쁘게 쓰지 말어야." 누나에게 내가 쓴 소설이 허구와 상상력의 산물임을 상기시킨다는 것이 무슨 유익이 되겠는가? 그녀는 국민학교 2학년 때 나에게 글짓기와 더하기 빼기를 가르치고 웅변을 시켰던 담임선생님이기도 했던 것을. 이해하고 인정을 하면서도 그녀는 그렇게 요구할 권리가 있다고 느끼는 것 같다. 나는 그녀의 권리를 인정한다. 내가 그 순간 본 것은 고향의 얼굴이었으므로.

그렇게 고향은 그곳에도 있었다. 고향은 특정한 공간이 아닌 까닭이었다. 그녀는 부득불 하룻밤 묵어가야 한다고 다그치고 나는 거부하지 못했다. 아니, 그곳을 향해 올 때부터 나는 미리 그곳에서 하룻밤을 자게 되리라는 사실을 예감하고 있었다. 다음 날 아침에 신동에서 광주까지 (세 시간이나 버스를 타고) 단지 김을 전해주려고 달려와준 나의 사촌 형님은 더 확실하고 절묘한 방식으로 내게 고향을 상기시켰다. 우리 집안의 장손인 이 형님은, 몰락한 가문을 다시 일으켜보려고 여러모로 애썼지만 인생의 기회를 제대로 잡지 못하다가 몇 해 전에 회갑을 넘기셨다.

젊은 시절에 그분은 정치를 가장 소중하고 뜻있는 가치로 여겼었다. 아마도 현실 속에 '집안'을 다시 세우기 위해서는 그 길이 가장 빠르다고 여겼을 것이다. 실제로 그분 자신이 정치에 뛰어들려고 여러 차례 시도를 하신 적도 있거니와, 내가 하는 문학에 대해서도 그것이 정치와 거리가 먼 일이기 때문에 별로 반기는 눈치가 아니었다. 시간이 그분의 생각에 변화를 주었을까. 김 공장을 하며 고향을 지키고 있는 형님은 이전에 비해 조금 덜 엄격해진 대신 한층 정이 많아졌다. 내가 신동에 있는 김 공장으로 찾아갔을 때 공장에는 김이 없었다. 형님은 조금 기다렸다가 김을 가져가라고 했고, 나는 일행을 핑계 대고 그냥 떠나왔다. 서울 사는 사촌 동생의 손에 아무것도 들려 보내지 않은 사실이 그렇게 마음에 걸렸을까.

　형님은 이튿날 새벽차를 타고 광주까지 올라왔다. 다른 볼일도 있었노라고 말했지만 나도, 내 곁에 있던 누님도 그것이 변명에 불과함을 모르지 않았다. 그분은 단지 나에게 김을 전해주기 위해서 새벽길을 달려온 것이다. 공장에서 가져올 김이 없어서 일부러 양동시장까지 가서 사 왔다는 사실을 알았을 때 나는, 빈말로라도 그렇게 비경제적이고 비합리적인 일을 할 게 무어냐고 나무랄 수 없었다. 나는 그 형님의 모습에서 크고 따뜻한 고향을 다시 보았던 것이다. 전날 한없이 낮아 보이던 고향 뒷산 소산봉도 갑자기 우뚝해 보였다.

　아, 나는 이제 분명하게 알 것 같다. 고향은 한낱 산천이 아니라 사람인 것이다. 사람과 사람의 관계인 것이다. 그것들이 이리저리 엉켜 어우러진 인연인 것이다. 그래서 고향인 것이다. 그래서 소중한 것이다.

젊은 날의 편지

열다섯 살이 되던 해부터 나는 서울 시민이었다. 전깃불도 없고 버스도 들어오지 않는 벽지에서 중학교 1학년까지 보낸 나는 내성적이기까지 해서 당연히 도시와 도시 사람들에게 잘 적응하지 못했고, 늘 근거를 알 수 없는 피해 의식에 사로잡혀 지냈다.

그 무렵에 내가 열중한 일이 한 가지 있었다. 아마도 외로움과 소외감이 배경을 이루었을 그것은 한 여학생과의 편지 주고받기였다. 그녀는 내가 1년간 다녔던 시골 중학교의 학생이었는데, 글을 제법 잘 썼고 특히 글씨를 예쁘게 썼으며 키는 작고 얼굴은 둥근 편이었다.

그녀와 나의 편지 왕래는 내가 서울로 올라온 그

이듬해부터 시작되었다. 도시와 도시적 삶으로부터 소외감을 느끼고 있던 나에게 그녀는 일종의 환기구 같은 구실을 했다. 나는 진지했고, 어떤 의미에서는 필사적이었다. 온갖 개똥철학을 다 동원하고 갖은 치기를 부려가며 장문의 편지를 며칠 밤에 걸쳐 몇 번씩 고쳐 쓰곤 했다. 그리고는 이튿날부터 그녀의 답장을 기다렸다.

내가 질서 없이 읽어댄 책들 속에서 발췌한 이런 저런 문장들이 내 가난하고 옹졸하며 편집적인 의식을 대변하기 위해 동원되곤 했다. 나는 한 권의 책도 제대로 읽지 않은 채로 겁도 없이 니체와 카프카와 헤세와 지드를 깡그리 이해하는 양했다. 어쨌든 정서적으로 불안하고 혼란스러운 그 시기를 나는 그런 식으로 그녀에게의 편지 쓰기에 몰두함으로써 건너갔다. 그녀는 그런 점에서 은인이었다.

문제는 나의 의식의 단계가 한 발짝쯤 높아진 다음에 일어났다. 그런 시간이 갑자기 찾아왔다. 겁도 없이 함부로 인용한(혹은 잘못 인용한), 그래서 말도 되지 않는 니체와 카프카와 헤세와 지드를 나는 견딜 수 없었다. 내가 구사한 온갖 개똥철학과 갖은 폼을 다 잡고 써댄 치기만만한 문장들이 역겹고 수치스러워서 어떻게 할지 몰랐다. 그 부끄러운 글들이 나 아닌 누군가의 수중에 있다는 사실이 소심하고 내성적인 고등학교 1학년 남학생의 얼굴을 화끈거리게 했다.

그리하여 그해 여름방학 때 나는 고향에 갔다 오는 길에 광주(그녀는 광주에 있는 고등학교에 다니고 있었다)에서 그녀를 만나 내 편지들을 보여달라고 했다. 그녀는 놀랍게도 내 편지를 한 장도 버리지 않고 모아두고 있었다. 나는 빼앗듯이 그 편지를 돌려받았다. 읽어보고 다시 돌려주겠다는 나의 말을 그녀는 믿었을까. 나는 되찾아온 그것들을 읽어보지 않았다. 읽을 수가 없었다. 서울로 올라오자마자 바로 찢어버렸고, 다시는 편지를 쓰지 않았다. 그리고 그 이후 그녀를 한 번도 만나지 않았다. 수치심 때문이었다.

나는 무슨 짓을 한 것일까. 수치를 만회하기 위해서 수치를 범했다. 지금은 내가 보냈던 그 부끄러운 편지들이 아니라 그 편지들을 그녀에게서 빼앗은 나의 치졸한 행동이 더 얼굴을 화끈거리게 한다. 그 이후 한 번도 만난 적이 없는 그녀를 다시 만난다는 상상은 그래서 차마 하지 못한다. 나는 아직도 그다지 마음이 크지 못하고 부끄러움도 여전히 잘 타기 때문이다. 그때의 그 부끄러운 행동에 대해 용서를 빌기 위해 그녀를 만나야 한다는 생각을 하고 있는 것은 아니지만, 만일 우연히 그녀를 만나게 된다면 우선 용서부터 빌고 이해를 구해야 하리라는 생각은 하고 있다.

희망이면서 절망인

　글쓰기를 업으로 삼고 있는 사람이라면 누구나 어떤 작가 또는 어떤 작품과 결정적인 만남의 경험을 가지고 있기 마련이다. 그러한 만남이 한 꿈 많은 젊은이로 하여금 문학에 운명을 걸게 만든다. 그 빛나는 작품을 쓴 작가의 그림자 속으로 기꺼이 들어가려는 욕망, 대부분의 경우 그것이 한 사람의 작가를 탄생시킨다.

　내가 습작을 하던 시절에 이청준 선생이 그러한 존재였다. 그는 내게는 너무 높고 커서, 희망이면서 동시에 절망이었다. 그의 소설들은 내 속에 숨어 있는 미미한 문학적 감성을 세차게 흔들었다. 나는 「가면의 꿈」과 「소문의 벽」과 「이어도」 같은 소설을 읽으면서 이처럼 빛나는 작품을 쓰는 나의 모습을 상상하곤 했다. 이런 작품을 만들어낼 수만 있다면 더 이상 다른 소원이 없을 것 같았다. 그러나, 그렇기 때문에, 한편으로 그의 소설들은 나를 절망시키기도 했다. 소설은 이청준 선생이 아니면 쓸 수 없을 것처럼 여겨졌다. 나 같은 재능으로는 감히 넘볼 수 없는 높고 가파른 산으로 보였다.

그 시절 내가 문학에 대한, 또는 이청준 선생에 대한 열망과 좌절에 부대끼며 되풀이 읽어대었던 작품들 가운데 하나가 『당신들의 천국』이다.

나환자 집단 거주지인 소록도를 무대로 하고 있는 『당신들의 천국』은 주로 나환자들과 원장을 중심으로 하여 전개되는 지배와 배반의 구조를 다루고 있다. 그러나 특수한 인물들의 특수한 이야기에 그치지 않고 인간과 사회 또는 인간 본성에 대한 보편적인 성찰로 우리를 이끌어간다. 그가 즐겨 사용하는 추리소설적 기법과 질긴 심리 분석 방법이 이 작품에서도 어김없이 구사되어 탁월한 효과를 거두고 있다.

낙원을 만들기 위해 환경을 아름답게 조성하고

바다를 막아 땅을 개간하는 소록도를 나환자들이 어째서 자꾸만 탈출하려 하는가. 요컨대 제목을 통해 시사하는 대로 어째서 그 천국은 '우리들의 천국'이 아니라 '당신들의 천국'인가를 작가는 묻는다. 그 질문의 연장선상에서 우리는 인간 본성의 음침한 구석에 숨어 있는 '동상'의 유혹을 만난다. 자신의 동상을 세우려는 욕망의 집요함—사람들은 광장에 동상을 세우기 전에 먼저 자신의 마음속에 동상을 세운다. 아니다. 광장에 자신의 동상을 가지고 있지 못한 사람일지라도 자신의 마음속에 이미 동상을 거느리고 있기는 마찬가지다. 사람들에 의해 떠받들어지기를 바라는 지배와 복종에의 욕구가 인류의 역사를 수없이 굴절시켜왔음을 우리는 알고 있다. 따라서 어떻게 동상에의 집착을, 동상에의 그 끄기 힘든 욕망을 극복할 수 있느냐 하는 문제는 인간이 어떻게 인간의 본성으로부터 자유로워질 수 있느냐 하는 문제로 자연스럽게 나아간다.

이 소설은 매우 진지하게 그러한 시도를 하고 있다. 작가가 제시하는 대안 가운데 하나는 자유이고 다른 하나는 사랑이다. 자유와 사랑은 종종 서로를 배반하는 것처럼 보인다. 그러나 본질적으로 자유와 사랑은 그 뿌리가 동일하다는 사실을 이 작가는 알고 있다. 자유만으로는 충분하지 않으며 사랑 속에 자유가 깃들어야 한다는 생각을 피력함으로써 이 소설은 거의 종교적인 경지로 접근한다. 예컨대 다음과 같은 대사는 거의 종교적 깨달음에 입각한 잠언처럼 들린다.

> "자유가 사랑으로 행해지고 사랑이 자유로 행해져서, 서로가 서로 속으로 깃들면서 행해질 수만 있다면야 사랑이고 자유고 굳이 나눠 따질 일이 없겠지만, 이 섬에서 일어난 일들로 해서는, 자유라는 것 속에 사랑이 깃들기는 어려웠어도 사랑으로 행하는 길에 자유는 함께 행해질 수가 있다는 조짐을 보였거든."
>
> ―이청준, 『당신들의 천국』, 문학과지성사, 1976

어떤 평자가 지적한 대로, 이와 같이 자유와 사랑이 실천적으로 화해를 일으키는 종교적인 경지에 이를 때만이 비로소 우리가 사는 세상은 '당신들의 천국'이기를 그치고 바로 '우리들의 천국'이 될 것이다.

내가 데뷔작을 쓸 무렵(결핵 요양을 한답시고 빈둥거리던 1981년 여름은 유난히 무덥고 짜증스러웠다) 글의 길이 막힐 때면 올바른 길을 찾기 위해 몇 번이고 들추어 읽던 책이 『소문의 벽』과 바로 『당신들의 천국』이었다. 책을 읽다 보면 길이 보였다. 읽던 책을 덮고 원고를 쓰고, 원고를 쓰다 말고 책을 다시 집어 드는 일이 반복되었다. 그러한 나의 열망에 대한 보답이었을까. 그해 12월, 〈한국문학〉 신인상 모집에 응모한 나의 첫 소설 『에리직톤의 초상』을 당선작으로 뽑아준 세 분의 심사 위원 가운데 한 분이 이청준 선생이었다.

데뷔작 쓰던 무렵

『에리직톤의 초상』을 쓰던 무렵 나는 스물두 살이었다. 좋은 목사가 되는 것이 꿈인, 그러나 좋은 목사가 될 자질은 별로 없는 휴학 중인 신학생이었다. 1981년, 세상은 무거웠고 어두웠고 흉흉했다. 학교는 자주 문을 닫았다. 학기말 고사를 본 기억이 나지 않을 정도로 걸핏하면 휴교령이 내리던 시절이었다. 스물두 살짜리 신학생의 내면은 동굴처럼 캄캄했다. 무엇을 해야 할지, 무엇을 할 수 있을지 막막하기만 했다.

그해 봄에 나는 군대에 갈 작정을 하고 휴학을 했다. 그러나 군대는 나를 바로 부르지 않았다. 신체검사장에서 나는 상태가 꽤 안 좋은 폐결핵 환자라는 선고를 받았다. 의사는 팔이나 다리는 하나씩

떼내고도 살 수 있지만 폐는 그럴 수 없다며 겁을 줬다. 1년간의 징집 유예. 나는 섭생과 요양을 위해 집으로 내려갔다. 미뤄두었던 전공 서적들을 독파해보겠다며 책을 싸 들고 가긴 했지만 대체로 빈둥거렸다. 소설을 쓰겠다는 생각은 그해 5월 로마의 성 베드로광장에서 울려 퍼진 몇 발의 총성이 지구촌을 시끄럽게 만들 때까지 나를 찾아오지 않았다.

무개차를 타고 순례자들 사이를 지나가던 교황을 향해 누군가 총을 쏘았다. 아그자라는 터키의 젊은이였다. 신문들은 사건의 전말과 범인의 인적 사항과 범행 동기에 대한 기사를 연속적으로 내보냈다. 나는 어떤 충동인가에 이끌려 그 기사들을 꼼꼼하게 읽었다. 그리고 그 어느 순간에 내 가슴속에서 울리는 총소리를 들었다. 신을 향해 총을 쏘는 불경한 인간의 이미지가 눈앞에 그려졌고, 그리스신화에서 읽었던 한 인물이 아그자와 겹쳤다. 에리직톤. 시어리어스 신이 총애하는 숲속의 나무를 훼손하여 저주를 받은 인물이었다. 그에게 내려진 신의 저주는 채워지지 않는 허기였다. 먹어도 먹어도 배가 고픈 에리직톤은 전 재산을 탕진하고 자기 딸까지 팔고, 나중에는 자기 살을 뜯어 먹으며 죽어간다.

그 이미지는 생각은 많고 행동은 느린 한 신학생의 정신을 충격했다. 나는 로마에서 날아온 그 놀라운 사건에서 현대의 얼굴을 보았다고 느꼈고, 그 느낌은 너무나 생생해서 내 안에 가둬둘 수가 없었다. 교황을 향해 총을 쏜 아그자라는 젊은이와 자기 살을 뜯어 먹고 죽은 에리직톤이라는 신화 속의 인물이 머릿속에서 떠나지 않았다. 마침내 나는 그들을 소설 속으로 떠나보내야겠다고 마음먹기에 이르렀다. 그것은 처음으로 솟은 소설에 대한 열망이었다.

그러고 꼬박 두 달 동안 나는 아그자와 에리직톤만 생각했다. 대학 노트에 쓰고 지우고, 다시 옮겨 쓰고 하면서 문장들을 거의 욀 정도로 집중했는데도 500매의 중편소설을 완성하는 데 두 달밖에 걸리지 않았다. 돌이켜 보면 내가 소설을 썼다기보다 소설이 나를 휘어잡았다고밖에 할 수 없는 경험이었다.

그것이 내 첫 소설이었다. 문학에 대한 재능과 의욕이 나보다 조금 더 있었던 형은 내 원고를 읽어보고 대단하다며 추켜세웠다. 믿어지지 않았지만 형이 권하는 대로 〈한국문학〉이 주최하는 신인상에 응모했는데 운 좋게도 그 소설은 다른 작가의 장편소설과 함께 당선작으로 뽑혔고 나는 엉겁결에 소설가가 되었다.

『에리직톤의 초상』은 나중에 장편으로 고쳐졌다. 10년이 지난 후 내가 그 소설을 다시 써서 장편으로 만든 것은 첫 소설에 대한 나의 과도한 애정 때문이기도 하지만 10년의 시간과 함께 바뀐 내 세계관도 크게 작용했다. 80년대를 거치면서 우리 사회가 확보한 사회와 역사의식의 지평이 데뷔작을 그대로 놔두게 하지 않았다. 나는 에리직톤에 대한 다른 해석을 시도함으로써 불경한 신성모독자에 개혁적 예언자의 이미지까지를 부여했다. 그것은 생각만 많고 행동에는 게으른 한 회의주의자가 그 지독한 세월에게 진 부채감을 털어내려는 아주 작은 몸짓이기도 했다.

　소설가가 된 후 한동안 나는 『에리직톤의 초상』의 작가로 불리었다. 데뷔작이 대표작인 작가가 느끼기 마련인 초조함을 그 시절에 겪었다. 데뷔작에 갇히는 작가는, 그 데뷔작이 아무리 뛰어난 작품이더라도, 다른 사람의 평가나 판단과는 상관없이, 늘 안타깝고 곤혹스러운 상태에 있기 마련이다. 성공했는지는 모르겠지만 지금까지의 내 문학 이력은 어쩌면 데뷔작으로부터 달아나려는 몸짓이었는지 모른다.

　『에리직톤의 초상』의 작가는 『에리직톤의 초상』만의 작가로 불리기를 원치 않았던 것이다.

내 안에는 내가 얼마나 많은 걸까

상처와 각성

언제부터였는지 모르겠다. 아마도 세계와 자아에 대한 인식이 희미하게 생기기 시작하던 어느 시점, 혹은 내 혼돈의 자아가 불안하게 눈치를 살피며 낯선 세계의 표면에 빨대를 들이대던 어느 시점일 것이다. 왜 그랬는지 모르겠으나 그때부터 나는 내가 싫었다. 나의 모든 것, 나의 존재를 형성하고 있는 모든 조건과 관계 들, 그것들이 예고하는 내 삶의 꼴에 대한 혐오감으로 마음이 늘 날카로워진 채 지냈다. 사람들과 잘 어울리지 못했고, 그래서 친구가 없었고, 기억건대 어른들의 사랑을 받지도 못했다.

어울리고 사귀는 것이 중요한 재능이라는 것, 그리고 유감스럽게도 그런 재능이 나에게는 주어져 있지 않다는 것을 나는 너무 일찍 알아버렸다. 견디기 힘든 것은 외로움이지만, 그러나 더욱 견디기 힘든 것은 외롭지 않은 것이었다. 사람들 속에 섞여 있을 때 나는 불안했다. 외로움을 전혀 느끼지 않았다는 뜻이 아니다. 나는 거의 항상 외로움을 느꼈다. 내가 외로움을 견딜 만하다고 생각했던 것은 외로움에 그만큼 익숙해졌기 때문인지도 모르겠다. 병도 잦으면 정이 드는 법이다. 하물며 외로움이겠는가.

사람은 본질적으로 세상에 '대한' 존재다. 우리는 세상에 대해, 세상과 맞서서 사유하고 감각하고 행동한다. 그 세상은 다른 사람들이고, 다른 사람들이 어울려 만들어내는 견고하고 빈틈없는 체계다. 그 체계는 개인을 향해 적응하라고 말한다. 적응하라, 그러지 않으면 그대에게는 기회가 없다…… 나는 내가 아니고 싶었다. 내가 아니라면 누구라도 좋을 것 같았다. 나는 나를 견딜 수 없었기 때문에 내 안으로 들어갔다. 되도록 깊이 들어갔다. 그 안에 혹시 나를 만족시켜줄 만한 것이 있을까 하고. 그러나 캄캄한 어둠과 음습한 공기와 뒤죽박죽의 혼란,

그것 말고 그 안에 더 무엇이 있었겠는가?

자아의 내면은 동굴이다. 안으로 들어갈수록 좁아지고 어두워지고, 그리하여 마침내는 그 안에 수인처럼 갇히고 만다. 빛은 한 줄기도 스며들지 않는다. 자폐의 감옥. 자의식의 지옥. 사회라는 지평, 역사라는 시각은 이제 끼어들 틈이 없다. 아, 누가 이 사람을 죽음의 음침한 동굴에서 건져내준단 말입니까?

그와 같은 자기혐오의 감정은 종종 세상에 대한 맹렬한 적대감과 근거 없는 오만으로 위장되어 표출되곤 했다. 나는 내 소설의 한 자리에 "세상은 나를 힘들어했다. 내가 세상에 대해 그런 것처럼"(졸작, 『생의 이면』)이라고 썼다. 그리고 계속해서 "그것은 내가 세상 속으로 들어가지 않았기 때문"이라고 썼다. 적대감과 울분의 기본적인 정서가 열등감이라는 것을 누가 모르겠는가? 열등감이 정체를 숨기기 위해 적의의 이빨을 갈고 울분의 손톱을 세운다는 것을.

가난과 외로움과 근거 없는 적대감의 나날. 그것은

그 시절 내 삶의 목록이었다. 내 삶의 전부였다. 그것
말고는 달리 가진 것이 없었다.

—졸작, 『생의 이면』, 문이당, 1995

그러니까 세상에 대한 나의 그와 같은 원한과 적
의는 실은 질시와 투기나 다름없었던 셈이다. 그리
고 아마도, 그것들이 나를 소설가로 만들었을 것이
다. 존재에 대한 결핍감이야말로 욕망의 원천이다.
결핍이 클수록 욕망도 커진다. 결핍에 대한 감각이
예민한 사람일수록 욕망에 대해서도 예민해진다.
내가 그런 사람이었던 것 같다. 객관적인 정황과 상
관없이 나는 늘 무언가 결여되어 있다는 인식에 붙
들려서 지냈다. 늘 허전했고 불만스러웠고 안타까
웠다. 나는 내 존재를 충족시킬 무언가를 원했다.
이것이 아닌 어떤 것, 여기가 아닌 다른 어떤
곳……. 아침에는 밤을 기다리고, 밤에는 아침을 기
다렸다. 그러나 충족감은 어디서도 오지 않았다.

어떤 경우에도 욕망은 사라지지 않는다. 다만 그
모습을 바꿀 뿐이다. 현실 속에 자기 집을 짓지 못

하거나 집을 지을 수 없게 된 사람은 허구 속에라도 자기 집을 지어야 한다. 적응하라, 그러지 않으면 기회가 없다……. 그 체제에서 기회가 없어진 사람은 다른 체제를 찾는다. 희망이 없으므로 희망하는 것이다. 허구, 이야기, 그 이야기의 형식인 책들에 대한 탐닉, 일종의 허족虛足.

나는 여러 권의 오래된 일기장을 가지고 있다. 일기라는 것이 애초에 누군가에게 보여줄 것을 전제하고 쓰인 것은 아니지만, 정말 내 일기는 누구에게도 보여줄 수가 없다. 거기에 적힌 벌거벗은 언어들의 암투와 치졸함 때문에 낯이 뜨거워질 정도다. 나는 마치 전쟁하듯 일기를 썼던 것 같다. 흥분 상태에서, 씩씩거리면서, 더러는 가슴을 두근거리면서……. 내가 왜 그렇게 필사적으로 일기를 썼는지 그 내면의 안간힘과 핍절함이 손에 잡힐 듯하다. 허족이 필요한 생명체도 세상에는 있는 법이다. 허족이 필요하지 않은 이의 눈에는 부질없게 보이겠지만, 얼마나 절실하면 몸의 형태를 바꿔 가짜의 다리를 만들기까지 하겠는가? 내 소설들은 일종의 허족인지 모른다.

나는 비교적 일찍, 20대 초반에 소설가가 되었는데, 그 이후 일기 쓰기를 중단해버렸다. 의식적인 건 아니었다. 나도 모르게 그렇게 되었다. 그렇듯 필사적으로 매달렸던 내 일기 쓰기의 진짜 동기가 무엇이었는지를 가늠해볼 수 있는 대목이 아닌가 싶다. 예컨대 반성이나 설계와 같은 일기 쓰기의 일반적인 목적과는 상관이 없었던 것이다. 소설이라는 도구를 가지고 어느 정도는 공개적으로 더욱 교묘하게 허구의 집을 만들 수 있는 기회가 오자 더 이상 일기에 매달릴 이유가 없어져버렸던 것이 아니었는지……. 부끄럽지만 아마도 그것이 사실인 것 같다. 그런 점에서 내 소설들이 일종의 허족이나 다름없다는 생각을 한다. 가짜지만 그만큼 절실하다고 말하고 싶은데 그만큼 절실하지만 어쨌든 가짜나 다름없지 않느냐는 반문을 받는다고 해도 별로 할 말이 없다.

농담처럼 하는 말이지만 나는 절필할 계획이 없다. 소설이 나를 필요로 하기 때문이 아니라(소설에게 무슨 결핍감이 있겠는가? 아니, 설령 그렇다고 한들 내가 무슨 수로 소설을 충족시키겠는가?) 내가 소설을 필요로 하기 때문이다. 소설이 나를 충족시키기 때문이다. 소설은 내가 만든 집이지만, 그래서 그렇게 허술하지만, 그러나 나를 살게 하는 집이기도 하다. 나는 내 소설 안에서, 소설과 함께 산다.

그래서일 것이다. 나는 내 소설의 현실적 힘을 신뢰하지 않는 편이다. 칼보다 강하다는 잠언 속의 펜은 신문기자의 기사인지 모르겠으나 내 소설은 아니다. '개'라는 말이 물지 않듯이 '칼'이라는 글자 역시 베지 않는다. 체계가 다르기 때문이다. 다른 체계로부터 기회를 얻었기 때문이다. 무는 개와 베는 칼을 가진 사람들은 행복하다. 그러나 '개'라는 말과 '칼'이라는 글자를 가진 사람들도 또한 다른 뜻에서 행복하다. 저들이 현실 속에서 행복한 것처럼 이들은 다른 현실 속에서 행복하다.

나는 시나 소설, 혹은 시인이나 소설가라는 이름을 가지고 이 현실 속에서 무언가 힘을 발휘하고 영향력을 행사하려는 사람들을 별로 믿지 않는다. 아니, 말을 다시 해야겠다. 그런 사람들은 이쪽 체계에서 얻은 기회를 가지고 저쪽 체계 안에다 집을 지으려고 시도하는 것처럼 내게는 보인다. 벽을 지나다니는 재주를 가진 사람도 있기야 하겠지만, 내가 생각하는 내 소설은 한없이 무력하다. 왜냐하면 허족이기 때문이다. 허구의 집이기 때문이다. 내 자아의 감옥, 내 존재의 동굴, 그 어둡고 깊은 곳에서 겨우 빠져나온 신음이기 때문이다. 이것으로 무엇을 할 수 있을까? 이것으로 무엇을 해야 하는 걸까?

*

소설의 주제는 사람이다. 나는 그렇게 이해한다. 소설은 사람에 대해 이야기하고, 사람에 대해서만 이야기한다. 사람이 아닌 다른 어떤 것, 이를 테면 동물이나 식물, 바다나 산, 혹은 악마나 신에 대해 꽤 길고 상당히 구체적으로 말하기도 하지만, 그러나 우리가 그들에 대해 말하는 것은 사람에 대해 말하기 위해서일 뿐이다. 심지어는 신들의 이야기인 신화조차도 실은 사람에 대한 이야기다.

어떤 작가가 신에 대해 장황하게 말할 때, 혹은 개미나 꽃, 음악이나 우주에 대해 상당한 지면을 할애해서 말할 때 저 친구는 신에 대해, 혹은 개미나 꽃, 음악이나 우주에 대해 할 말이 참 많은 사람이구나 하고 간단히 생각하고는 그 작가에 대한 입장을 정리해버리는 것은 진지하지 못한 태도다. 신을 거론하지 않고는 사람의 진면목을 드러내는 것이 불가능하다는 판단이 그 작가로 하여금 신을 이야기하게 하는 것이다. 개미나 꽃, 음악이나 우주를 통해 사람에 대한 진실을 더 효율적으로 잘 말할 수 있을 거라는 믿음이 그런 것들에 대해 이야기하게 하는 것이다. 대체 작가는 그렇게 길게 신이나 개미, 혹은 꽃이나 음악이나 우주를 이야기함으로써 정작 사람에 대한 무슨 이야기를 하려고 하는 것인가? 그렇게 물어보는 것이 마땅하다.

사람은 나와 너로 이루어져 있고, 나는 신인가 하면 악마인 존재이며, 의식과 무의식이 뒤엉킨 실타래이며, 욕망과 사랑과 불안이 부글부글 끓는 혼돈의 도가니이고, 너는 다른 사람들이며 집단이며 사회이며 세상이다. 나는 너 없이 존재하지 않고 너는 나 없이 존재할 수 없다. 나는 너를 요청하고 너는 나를 필요로 한다. 개인인 나와 사회인 너, 혹은 혼돈인 나와 질서이고 형식인 너의 만남은 상처 내고 각성시키는 관계다. 거기서 생겨난 상처와 각성의 드라마가 소설이다.

우리의 존재를 지탱하는 중요한 구성 요소로 양극의 기둥을 세운 사람을 알고 있다. 그는 그 양극의 요소를 일컬어 '참여'와 '개별화'라고 불렀다. ……참여하지 않는 개체는 공허하고 개체의 지원을 받지 못하는 공동체는 무의미하다. 그런데도 이 두 개의 상반된 욕구(개별화와 참여)는, 현실 속에서는, 상호 모순되는 것처럼 보인다. 그 결과로 그 둘 사이에는 필연적으로 긴장이 생겨나게 된다. 이들 사이의 긴장의 탄력이 각각의 존재를 구성한다고 할 수 있지 않을까…… 요컨대 두 요소 가운데 어느 한쪽으로 더 기우느냐에 따라 그 사람의 성격의 꼴이 형성된다고 말할 수 있지 않을까. 어떤 사람은 천성적으로 집단에 대해 혐오감을 가지고 있다. 그들은 아무리 숭고하고 선한 공동체라고 하더라도 그것이 인간의 예속을 유도하기 때문에 신뢰할 수 없다고 말한다. 그들은 아예 숭고하고 선한 공동체의 존재를 믿지 않는다. 그들이 경계하는 것은 공동체의 이념 아래 인간의 이름이 훼손되는 사태이다. 그들은, 개인의 고유함이나 자아의 자유로움은 너무나 예민해서 상처받기가 쉽기 때문에 집단의 예속을 견뎌내지 못한다고 생각한다.

—졸작, 『가시나무 그늘』, 중앙일보사, 1991

내 소설의 거의 전부가 한 개인인 내가 집단, 혹은 세상인 너와 만나 얻은 상처와 각성의 기록이라고 해도 과언이 아니다. 나는 그런 사람들—집단의 예속을 견디기에는 너무나 예민한 정신과 영혼을 가진 사람들에게 관심을 기울여왔다. 집단과 그 집단의 내용이며 토대인 이념에 의해 할퀴인 정신들, 그들이 내 주인공들이다. 최초에 나를 문학으로 이끌었던 뒤틀린 자의식과 적대감의 기억이 아마도

그런 식의 편견을 불러냈으리라는 걸 부정하고 싶
지는 않다.

간혹 내 소설의 윤리적 경향성을 지적하는 평문
을 접할 때가 있지만, 그리고 그런 시각이 전혀 터
무니없다고 생각하지는 않지만, 윤리적 관점이 내
창작의 궁극적인 동기로 작용한 적은 거의 없다.

내 작품에 그런 경향이 들어 있는 것이 사실이라
고 해도 그것은 우연한 현상일 뿐이다. 예컨대 여러
사람이 타락한 현실에 대한 강한 거부의 메시지를
던지고 있는 것으로 읽은 내 소설 『내 안에 또 누가
있나』에서조차도 사실 내 관심은 자아의 감옥, 자폐
의 동굴에 갇혀 있는 한 인물이 낯선 세계와 부딪
쳐 만드는 상처와 각성에 있었다.

그 동굴의 깊고 어둡고 무거운("어둠으로 가득 찬
세계는 빛이 가득 찬 세계보다 무겁다"—R. N. 마이어) 심
연 들여다보기에 있었다. 나는 그 소설의 머리말에
"내 소설은 사회학적으로 쓰이지 않았다"라고 썼다.
"나는 언제나 세상이라는 껍데기 안쪽에 있는 인간
의 내면을 현미경으로 들여다보는 것이 중요하다고

생각해왔고, 이번에도 그랬다"라고 썼다. 부연하자면, 『생의 이면』의 주인공과 이 소설의 주인공은 쌍둥이와 같은 존재다. 내게 그들은 한 동굴에 살고 있는 두 사람처럼 느껴진다. 그들은 똑같이 독이 퍼진 이 세상의 공기 속에서 숨을 쉬지 못하고 헉헉거린다. 이 공기의 독은 어쩌면 그들에게만 독일 수도 있다. 차이는 『생의 이면』의 박부길과 달리 『내 안에 또 누가 있나』의 임혁은 신성 혹은 빛의 세계를 접할 행운을 얻지 못했다는 것이다. 임혁의 불행은 단지 박부길이 만난 종단이라는 여성 대신 민초희라는 전혀 다른 캐릭터의 여성을 만났다는 데 있다. 그것이 이 쌍둥이들의 인생을 구별시킨 거의 유일한 요인이다.

나는 사람을 혼돈이라고 했다. 신인가 하면 악마이며, 의식과 무의식이 뒤엉킨 실타래이며, 욕망과 사랑과 불안이 부글부글 끓는 혼돈의 도가니. 자기 안에 감옥이나 지옥을 하나씩 가지고 살아가는…… 이해할 수 없는 세상으로부터 상처를 받고 그 상처로부터 세상과 자기 자신에 대해 각성을 요청받는…… 예컨대 우리는 카인이며 동시에 아벨이다. 우리 안에는 신성의 빛과 악마의 어둠이 같이 있다. 임혁과 박부길, 혹은 박부길로 하여금 빛의 세계로 걸어 나오게 한 종단이라는 여성이나 자폐의 동굴에 갇힌 임혁을 조종하는 또 다른 여성 민초희가 모두 우리들 자신이다. 도대체 내 안에 또 누가 있을까? 도대체 내 안에는 내가 얼마나 많을까?

소설은 결국 내 안에 있는 그 무수히 많은 나, 내가 아닌, 그러나 결국 내가 아닐 수 없는, 그 다른 많은 나들 가운데 어떤 나를 이끌어내어 세계와 만나게 하는 일일 것이다. 낯선 나는 낯선 세계를 상대로 엎치락뒤치락 싸움을 벌인다. 상처와 각성이라는 말은 그 과정에서 세계와 대결해 있는 내가 부딪치게 되는 모든 크고 작은, 무겁고 가벼운 경험에 대해 붙여진 이름인 것이다.

이것이 우리의 소설이 인물에 지배될 수밖에 없는 까닭이고 또 모든 소설이 본질적으로 자전적일 수밖에 없는 이유이기도 하다.

우리는 왜 소설을 읽는가? 소설 독자의 가장 깊은 내면에는 작가의 삶을 은밀하게 들여다보고 싶다는 엿보기의 욕망이 숨어 있다. 우리가 흔히 작가의 정신과 만난다고 돌려서 말하곤 하지만 말이다. 나를 처음 만난 독자들 가운데 어떤 이들은 내 인상이 소설을 통해 받은 인상과 많이 다르다는 인사말을 건네곤 한다. 그런 말을 들으면 나는 웃는다. 그 말은 무엇일까? 그 혹은 그녀가 내 소설의 행간을 짚어가면서, 가공의 인물들을 만든 창조자인 나, 작가인 나를 찾고 있었노라고 고백한 것이 아니겠는가.

대개의 작가는 그 사실을 알고 있다. 그렇기 때문에 작가는 때때로 글을 쓰는 동안 독자를 상대로 숨바꼭질을 벌이고 있다는 생각에 사로잡히곤 한다. 작가는 노출 욕구와 은폐 욕구를 동시에 갖고 있는 복잡한 존재다. 작가는 노출하면서 은폐한다. 혹은 은폐하면서 노출한다고 할까. 내가 『생의 이면』의 마지막에 "그때부터 지금까지 그의 글쓰기는 감춰진 것의 드러내기다. 그 드러내기는 그러나 감추기보다 더 교묘하다. 그것은 전략적인 드러냄이다. 말을 바꾸면 그는 감추기 위해서 드러낸다. 그가 읽은 대부분의 신화들이 그러한 것처럼"이라고 썼을 때 그 비밀을 암시한 것이다. 내 안에서 내가 아닌 무슨 다른 것이 나오겠는가? 내가 쓴 소설이 어떻게 내가 아닌 다른 사람들을 드러낼 수 있겠는가? 단지 가면을 쓰고 있거나 화장을 좀 심하게 했을지는 모르지만, 그러나 결국 그 혹은 그녀는 내 안에 있던 존재다. '내 안에 나 말고 또 누가 있겠는가?'

서자의 당당함

대학생일 때 콜린 윌슨의 『아웃사이더』를 읽었다. 내가 감동하며 읽었던 서구의 여러 좋은 소설들에 나오는 매력적인 인물들을 주석하고 있는 그 책에서 콜린 윌슨은, '병들어 있는 것을 깨닫지 못하는 문명 속에서 자기가 환자라는 것을 인식하고 있는 유일한 사람'이라고 아웃사이더를 소개했다. 그 문장은 나에게 은밀한 기쁨을 선물했다. 그것은 국외자들에 대한 나의 동질감으로부터 말미암은 기쁨이었다. 나는 아주 일찍부터 이 세계의 적자嫡子가 아니라는 인식에 사로잡혀 있었는데, 그 책이 다루고 있는 인물들이 하나같이 적자가 아니었던 것이다. 내 문학의 서자 됨을 나는 20여 년쯤 전에 한 책(『가시나무 그늘』)의 후기에 써 넣은 적이 있지만, 그것이 열등감에서 비롯한 것이든 아니면 피해 의식의 소산이든 본질적으로 내게는 중심과 보편타당, 그리고 거기에서 나오는 권위에 대한 거부감이 있었다. 그야 물론 내가 변두리 사람이기 때문일 것이다.

그 책은, 나로 하여금 이 시대에 쓰이는 진지한 예술 작품의 참된 주인공은 혼자서 '앓고 있는 자'라는 생각을 하게 했다. 그 무렵에 보았던 〈택시 드라이버〉라는 영화가 그런 생각을 지원했던 것 같기도 하다.

'앓고 있는 사람들'은 왜 앓고 있는가? 자각하고 있기 때문이다. 자각하지 않은 사람은 앓지 않는다. 왜냐하면 아픔에 대한 감각이 없기 때문이다. 내 생각은 그곳으로부터 조금 더 나아갔다.

앓고 있다는 것은 힘이 없다는 것이다. 무력하다는 것이다. 그런데 거기서, 그 '앓고 있는 자'의 무력함에서 참된, 근원적인 힘이 나온다는 것을, 그 비밀을 갈릴리 사람 예수, 아니 엔도 슈사쿠遠藤周作가 그린 갈릴리의 예수에게서 배웠다. 이 일본 작가는 예수를 아무런 능력도 없는, 있는 것이라곤 오로지 사람들을 사랑하는 간절한 마음만 있는 야위고 나약하고 나이보다 얼마쯤 더 늙어 보였던 사람으로 그리고 있다. 사람들은 예수에게 현실의 구조를 변화시킬 힘을 기대하며 좇았지만, 엔도 슈사쿠에 의하면 예수는 사랑하는 마음 말고는 아무것도 없는 철저하게 무력한 사람이었다. 그리고 그의 사랑은 현실 세계에서는 아무것도 할 수 없는 것이었다. 그것은 권력이 아니었다. 자신을 따라다니는 불쌍한 '땅의 사람'들에게 아무런 능력도 기적도 보여줄 수 없다는 무력감 때문에 괴로워한 사랑의 사람 예수. 내게는 그가 '앓고 있는 사람'으로 보였다. 그리고 나는 그제야 깨달았다. 구원이 어디서 오는지를. 그것은 신적인 초능력에서 오는 것이 아니라 가장 낮은 땅에 엎드려서 지상의 병을 '앓고' 있는 자의 가슴으로부터 오는 것이었다.

나는 내 소설이 한없이 무력하다고 말했지만, 이런 뜻에서라면 내 소설도 혹시 아주 작은 힘이나마 갖고 있는 게 아닌지 모르겠다. 서자 됨에 대한 예감에 대해 말하는 자리에서 내가 '서자의 당당함'이라는 표현을 쓸 수 있었던 것도 아마 그와 같은 희미한 깨달음 덕분이었던 것 같다. 그때 나는 서자의 당당함이 아무것도 기대하지 않는 데서 나온다고 말했다. 아비와 적자의 호의에 기대지 않는 정신, 아비와 적자의 길을 무작정 따라 걷는 것이 아니라 자기의 길을 따로 만드는 의지, 거기에 서자의 당당함이 있다고 말했다.

막연하지만 예감하고 있었던 모양이다. 소설이란 것이 적자들의 체계 안에서 태어나는 것이 아님을. 서자의 태생적인 한계, 그것이 소설 혹은 내 소설의 숙명이라는 것을. 그리고 혹시 내 소설에 어떤 힘을 기대할 수 있다면 그것은 내 소설이 적자의 산물이기 때문이 아니라 그처럼 무력한, '야위고 피곤하고 나이보다 조금 더 나이 들어 보이는' 서자의 상처에서 나오기 때문이라는 것을. '나에게 다른 작가를 요구하지 말라, 독자여!' 하고 호기 있게 외칠 수 있는 용기가 거기서 나왔다.

'세상 안에, 그러나 세상에 속하지는 않은'이라는

암시적 표현은 신학자 하비 콕스가 『바보제』라는 책에서 광대 또는 익살꾼으로서의 그리스도의 이미지를 설명하기 위해 인용한 바울의 말이다.

하비 콕스는 중세 시대의 익살꾼에 대해 말하는데, 그에 의하면 익살꾼은 귀족 사회의 단골이면서 거기에 속하지는 않는 사람이다. 익살꾼은 귀족 사회에 드나들면서 관찰하고 염탐하고, 그리고 그것을 토대로 귀족 사회를 풍자하고 비판한다. 그렇지만 귀족 사회의 일원은 아니라는 것이다. 익살꾼은 귀족 사회의 측선 밖에서 관찰하는 자라고 그는 말한다. 그렇기 때문에 명백한 것 뒤에 숨어 있는 불명료한 것, 결정적인 것으로 드러난 것의 배후에 있는 비결정적인 것을 정탐할 수 있다는 것이다. 그것은 그가 귀족 사회의 일원이라면 할 수 없는 일이다. 부연하면, 익살꾼이 가진 힘은 실은 그의 보잘것없는, 귀족 사회에 이르지 못한 신분에서 나오는 것이다.

'세상 안에, 그러나 세상에 속하지는 않은' 이 익살꾼의 초상은 내 안에서 아웃사이더와 서자 그리고 '앓는 사람'과 자연스럽게 겹친다. 그리고 그것이 작가라는 이름에 대해 내가 느끼는 자부심이다. 소설의 허약함, '야위고 피곤하고 나이보다 조금 더 나이 들어 보이는' 이 앓고 있는 자의 어쩔 수 없는 무력함, 그 무력함으로부터 나오는 사랑, 그 역설의 힘이 내 매일의 양식이다. 이 힘은 마음속에 있는 것이다. 예수는, 하늘나라가 여기 있다 저기 있다 할 수 있는 것이 아니라 바로 우리 마음속에 있는 것이라고 가르쳤다.

수첩 뒤지기

글감을 찾는 과정은 뒤지는 과정이다. 무언가를 찾기 위해 들추는 것이 뒤지기다. '샅샅이'보다는 '낱낱이'가 더 어울린다. '빈틈없이'보다는 하나하나 살핀다는 어감이 강하기 때문이다. 소설을 쓰려면 먼저 수첩을 뒤져야 한다. 수첩에서 나오지 않은 소설은 거의 없다. 무언가 떠오를 때마다 메모해놓은 내 모티프 수첩은 손바닥만 하다. 나는 부피는 얇으면서도 글씨를 저장할 수 있는 공간이 많은 수첩을 좋아한다. 한동안 옛날 어른들이 쓰던 잡기장을 4등분해서 잘라놓은 것 같은, 이음새 부분이 까만 회색 수첩을 사용했다. 동네 문방구에서 한 권에 200원쯤 하는 것을 다섯 권쯤 썼다. 얼마 전부터는 콜타르를 연상시키는 까만 표지의 몰스킨 수첩을 쓰고 있다. 교보문고 문구 코너에서 발견했는데, 그 까맣고 탄력 있는 피부와 가냘프면서도 실한 몸뚱이에 반해 한 권에 천 몇 백 원쯤 주고 세 권을 샀다. 살 때는 몰랐는데 이 상표의 수첩이 꽤 유명하다고 한다. 헤밍웨이와 빈센트 반 고흐의 손에도 들려 있었다고 하는데, 부피에 비해 저장 공간이 넉넉하고 내지가 얇으면서도 부드러워 글씨를 쓸 때의 느낌이 여간 좋지 않다.

수첩은 늘 몸에 지니고 다닌다. 외출할 때 호주머니에 넣거나 가방에 넣는다. 나는 신비주의자는 아니지만, 언제 그럴듯한 생각이나 이미지가 스쳐 지나갈지 모른다는 생각을 항상 하고 있다. 그런 생각이나 이미지가 자주 출몰하지 않는다는 것도 알고 있다. 그런 것들은 대개 떠오르는 것이 아니라 지나가는 것이다. 지나가는 시간이 정해진 것도 아니다. 지나가기 때문에 얼른 붙잡아야 한다. 붙잡지 않으면 어디론가 사라져버린다. 어디로 가는지 알 수 없으니 다시 찾기도 어렵다. 그러니까 메모를 하는 것은 붙잡는 것이다.

실제로 그런 경험을 한 적이 있다. 무언가 그럴듯한 생각이 문득 지나갔다. 내 성긴 인식의 그물망 사이로 그것이 빠져나갈까 봐 나름대로 꽤 신경 써서 외웠다. 그랬음에도 집으로 돌아온 다음에 떠올릴 수가 없었다. 단지 아주 그럴듯했다는 인상만 흔적처럼 남아 있을 뿐이었다. 인상마저 없다면 차라리 낫다. 그러면 그런 것이 지나갔다는 것도 모를 테니까. 인상은 남아서 무언가 분명히 실재했음을 가리키는데 실체는 도무지 떠오르지 않을 때 그 아쉬움을 어떻게 말로 표현할 수 있을까. 이것이야말로 부재의 현존. 부재하는 것이 인간을 지배하는 방식이 어떠한지 알 만하다.

영화를 보다가 무언가 지나가면 어둠 속에서 수첩을 꺼내 적는다. 영화가 끝난 후 보면 삐뚤빼뚤, 글자 위에 글자가 쓰여 있기도 하다. 꿈을 꾸고 일어나자마자 꿈을 기록하기도 한다. 꿈의 내용은 놀라울 만큼 빠르게 바래고, 금방 잊히고, 꿈에 대해 써놓은 메모만 남는다. 수첩을 보며 이런 꿈을 꾸었단 말이지, 하고 생각하곤 한다. 누군가와 이야기하는 중에 무언가 지나가는 게 느껴질 때는 좀 괴롭다. 잠깐만요, 하고 수첩을 꺼내 끼적거릴 수 없기 때문이다. 책을 읽거나 음악을 듣거나 산책을 하는 중에 그런 것이 지나가면 문제가 없다.

그런 것들이 자주 지나가지 않는다는 것이 문제다. 전보다 잦지 않다는 것, 요즘 내가 고민하는 문제다. 감각이 문제인지 상상력이 문제인지 아니면 삶의 태도가 문제인지, 그것도 아니면 우주의 기운에 문제가 생겼는지 모르겠다. 나이가 제법 들어서, 라고 간단히 말해버리고 싶지 않다. 때 되면 그렇게 된다고? 그건 좀 안일한 것 같기도 하고 비겁한 것 같기도 하다. 주제 사라마구는 73세에 『눈먼 자들의 도시』라는 걸작을 썼다. 『모든 이름들』은 75세에, 『동굴』은 78세에, 『눈뜬 자들의 도시』는 80세가 넘어서 썼다. 나이는 들어도 비겁해지지는 말자고 독려한다.

수첩에 무언가 적기 위해서는 무언가를 부지런히 뒤져야 한다. 무언가 뒤져야 적을 것이 나온다. 가령 책이나 기억.

책은 온 인류의 정신이 저장된 창고와 같다. 책을 뒤적이고 있으면 무언가 살아나는 느낌을 받는다. 좋은 책들은 잠자고 있던 정신, 무뎌 있던 감각, 흐릿해 있던 열정 같은 것을 깨우고 벼리고 밝힌다. 독서가 무언가 불러일으키지 않는다면 책에든 책을 읽는 독자에게든 그 둘 다에게든 문제가 있다. 내가 읽는 책이 내 안의 무엇인가를 불러일으킬 때, 깨우고 벼리고 밝힐 때 나는 살고 싶어진다. 불러일으키는 책은 좋은 책이다.

책 속에서 책이 나온다. 책을 읽다가 나는 아직 쓰이지 않은, 그러나 곧 쓰일 또 다른 책을 발견한다. 아직 쓰이지 않은, 곧 쓰일 그 책의 저자는, 내가 그 책의 불러일으킴에 제대로 반응한다면, 나다. 수없이 많은 작품이 실은 그렇게 태어난다. 그러니까 책은, 아직 태어나지 않은, 수없이 많은, 몇 권인지도 모를, 미래의 책들의 자궁이다.

모든 이야기의 원형은 기억이다. 신화는 인류의 가장 오래된 기억이고 기억은 개인의 가장 은밀한 신화다. 신화는 인류 서사의 원형이고 기억은 개인

서사의 원형이다. 신화가 그런 것처럼 기억도 단순한 과거의 집합, 과거의 이야기 타래가 아니다. 전부가 아니고 그대로도 아니다. 전부일 수도 없고 그대로일 수도 없다. 신화가 사실에 덧붙은 편집과 해석인 것처럼 기억 또한 사실에 덧붙은 편집과 해석이다. 편집에는 과장과 축소와 지우기와 비틀기와 끼워 넣기가 허용된다. 해석은 고유한 입장과 시각을 가지고 다시 쓰는 작업이다. 입장과 시각이 없으면 해석은 불가능하다. 해석이 없으면 사실은 무의미하다. 기억은 편집과 해석에 의해 이미 가공되어 있다. 어떻게 가공되어 있는가에 따라 이야기가 달라진다. 그러니까 기억의 갈피를 뒤지는 것은 이야기의 뼈를 만지는 것이다. 이야기의 뼈에 신경과 살을 붙이는 작업이 소설화의 과정이다.

소설이 될 만한 그럴듯한 생각이나 이미지, 이른바 모티프가 될 만한 것이 지나가지 않는다고 여겨질 때, 그것은 뒤지는 일을 소홀히 하거나 소홀해진 상태에 관대해졌다는 뜻이니 타성으로 쓰는 글쓰기를 경계할 것! 관성의 유혹에 저항할 것! 자궁 속으로 들어갈 것! 거기서 헤맬 것!

　물론 수첩에서 나오지 않는 소설은 거의 없지만 그렇다고 수첩에 적힌 것이 모두 소설이 되는 것은 아니다. 어떤 것은 너무 막연하고 어떤 것은 너무 유치하다. 그렇다고 버릴 것은 아니다. 너무 막연하던 것이 어느 날 구체와 만나 형태를 이루고 너무 유치하던 것이 어느 순간 제법 단단한 정신에 붙어 그럴듯해진다. 시간이 문제인 경우가 있다. 사실 수첩에 적힌 메모들은 시간이라는 항아리 속에서 숙성되고 있는 것이다. 어떤 것은 시간에 삭혀져서 제 맛을 낸다. 항아리 뚜껑을 일일이 열어 확인해보고 가장 잘 숙성된 놈을 꺼내는 요리사처럼 소설가는 수첩을 열어보고 거기 적힌 모티프들을 일일이 살펴보고 소설이 될 만한 놈을 꺼내 든다. 아직 아니다 싶은 놈은 더 잘 숙성되도록 다독거리고 덮어둔다.

고독과 싸우다

　『물의 가족』의 작가 마루야마 겐지는 고독을 이길 힘이 없으면 작가가 될 수 없다는 취지의 말을 했다. 『소설가의 각오』라는 독한 제목의 산문집에 실린 글인데, 그는 아마도 고독을 더 큰 가치를 위해 싸워서 이겨내야 할 대상으로 여긴 듯하다. 이기면 얻고 지면 잃는 것이 싸움의 속성이다. 얻기 위해서도 그렇거니와 잃지 않기 위해서도 철저해질밖에. 실제로 그는 칼을 든 무사처럼 자기 관리를 철저히 하며 글을 쓰는 작가로 알려져 있다. 번잡함을 피해 도시를 떠나 살고 사람을 만나지 않으며 정해진 시간표에 따라 운동을 하고 계획대로 글을 쓴다. 원고료가 들어오면 되도록 그 돈을 빨리 써버린다는 말도 한다. 생활비에 대한 부담까지 창작을 위한 에너지로 이용하겠다는 각오가 무섭다. 심지어 그는 스무 살 때 친구가 왜 필요하냐고 야단친다. 대단한 각오다.

고독과 싸우다니. 이 싸움은 기이하다. 고독과 싸우는 것은 고독과 마주하고 눈을 맞추는 것이다. 이기기 위해 고독을 베거나 무너뜨리는 것이 아니라 고독을 일으키고 고독 속으로 들어가 안기는 것이다. 고독을 끌어당겨 고독의 일부가 되는 것이다. 자발적으로 스스로를 유폐시키는 것이다. 문단을 기웃거리거나 영향력 있는 어른에게 들러붙지 말라고, 그것은 수치스러운 짓이라고, 그럴 시간에 글을 쓰라고 마루야마 겐지는 충고한다.

고독은 무형의 정신이다. 그저 조용한 것이 아니라 부러 조용해지는 것이고, 다만 혼자인 것이 아니고 스스로 고립되는 것이다. 침잠沈潛. 주변에 귀 막고 현상에 눈 감고 오직 깊이 가라앉는 것이 고독해지는 길이다. 아니, 깊이 가라앉음으로써 귀와 눈을 막고 닫는 것이다. 그리하여 깊이 가라앉아 있는 자기 안의 자기를 찾아내는 것이다. 더 깊이 내려가는 자는 더 깊은 자기와 만난다. 그럴 때 고독의 일부가 된 우리의 내부에서 그윽한 빛이 피어오른다. 통찰력과 창조의 에너지는 그렇게 생성된다.

고독을 견디지 못하는 자가 고독을 벤다. 가령 전화기를 들고 사람을 부르고 텔레비전, 인터넷 같은 매체와 통정하며 세상 속으로 들어간다. 토지문화관에서 한 달을 지낸 적이 있다. 그곳이 좋은 것은 공기나 자연 때문이 아니었다. 텔레비전과 인터넷이 없는 그곳의 방이야말로 창작을 위한 최적의 조건이었다. 그곳에서는 책을 읽거나 잠을 자거나 글을 쓰거나 해야 한다. 다른 일은 할 수가 없다.

넓히면서 동시에 깊어지기는 어렵다. 넓히는 자는 깊이를 포기할 각오를 해야 한다. 통찰력과 창조의 에너지도 기대해선 안 된다. 넓이를 선이 아니라고 말할 수 없지만, 깊이와는 다른 선이다. 깊이를 동반하지 않은 넓이는 권장되지 않는다.

가면을 쓴 자전소설

소설을 가지고 일생을 견뎌야 한다는, 이제는 달리 물러날 곳이 없다는 깨달음이 육박질러 왔을 때 (그것은 말하자면 시간에 대한 성찰이었다. 어느 순간 나는 이미 내가 중년의 나이에 접어들었다는 사실을 깨달았는데 그 사실을 인정하는 일은 그렇게 쉽지 않았다), 나는 공교롭게도 내 소설 쓰기와 관련하여 난감한 느낌에 시달리고 있었다. 극도로 피폐해진 내 상상력의 창고를 들여다보는 일은 치욕에 가까웠다. 일용직 근로자가 하루하루를 힘들게 지탱해가는 것과 같은 내 아슬아슬한 문학의 생명력에 아연 위기감이 생기지 않을 수 없었다. 거기다 시대의 변화와 함께 퍼지기 시작한, 중력이 전혀 느껴지지 않는 젊은 작가들의 글쓰기는 나로 하여금 문학 행위에 대해 심각한 회의를 하게 했다. 1990년대 초반의 일이다. 술이나 담배를 끊듯 소설을 끊을 수 있다면 끊었을 것이다. 그러나 소설이 어찌 술이나 담배와 같은 것이겠는가.

그 무렵에 나는 『생의 이면』을 썼다. 직면한 상황의 벽을 넘어가보고자 하는 욕망이 없었다고는 생각하지 않는다. 나는 어떤 식으로든 돌파구를 찾고 싶었고, 그 돌파구는 뜻밖에 내 속에 있었다. 그것은 어린 시절의 강렬한 이미지들이었다. 기억이야말로 상상력의 원천인 것……. 조금 더 분명하게 말하면, 그 기억이란 아버지에 대한 것이었다. 희미하기 때문에 더욱 절실한 아버지의 기억이 숙제처럼 되풀이해서 의식의 수면을 넘나들었다. 나는 숙제를 풀기로 했다. 처음에 그 소설을 써보겠다고 대들었을 때 내 생각이 그랬다.

2년 동안 나는 문학잡지에 단 두 편의 중편소설을 발표했다. 장편소설 『생의 이면』 앞부분인 「생의 이면—그를 이해하기 위하여」와 가운데 부분인 「지상의 양식」이 그것이다.

그 이야기들은 처음부터 내 안에 있었다. 내가 소설을 쓰기 시작할 때부터 내 속에 숨어 있었다. 그러나 그냥 숨어 있기만 한 것은 아니었다. 그것들은 나의 여러 작품에 모티프를 제공하기도 하고 간헐적이지만 조금 대담하게 얼굴을 내밀기도 했다. 물론 가면을 쓴 채로였다.

내가 강구한 극적인 방법이란 것이 그 얼굴에서 가면을 벗겨내겠다는 것이었다면 이해할 수 있을까. 벽을 넘다가 수렁에 빠질지도 모른다는 각오는 되어 있었다. 아니, 그런 각오 같은 걸 할 상황도 아니었다. 나는 쓸 수 없는 상황에서도 쓰지 않을 수 없는 자의 운명의 가혹함에 대해 생각하고 있었다. 하지만 누군가의 우려처럼 가면을 쓰지 않고서야 어떻게 춤을 추겠는가. 가면을 벗기는 자는 이미 다른 가면을 마련하고 있기 마련임을 나는 안다. 기억 속의 얼굴은 가면을 벗지만 이제 그 가면을 벗긴 '나'는 새로운 가면을 쓴다. 그것이 소설이다, 라고 나는 이해한다.

그래서 나의 소설은 평전 투가 되었다. 그래서 나

의 소설 문장은 한없이 우회하고, 머뭇거리며 한자리를 끊임없이 맴돌았다. 나는 내가 쓴 글에 나타난, 사소하지만 중요한 사실들의 왜곡에 깜짝깜짝 놀라곤 했다. 그리하여 나는 깨달았다. 모든 소설은 작가 개인의 이야기이지만 그러나 작가는 절대로 자기 이야기를 '사실 그대로' 하지 않는다. 작가는 기억만 하는 존재가 아닌 것이다. 작가는 기억하면서 동시에 상상하고 왜곡한다. 기억하고, 읽고, 듣고, 상상하고, 왜곡하고, 만들고, 그리고 표현한다.

『생의 이면』은 한 소설가의 젊은 시절에 대한 이야기다. 나는, 어둠의 골방을 빠져나와 희미한 구원의 빛을 향해 나아가는 구도를 설정했다. 이 구도에서 아버지로 대표되는 남성의 이미지는 어둠을, 종단이라는 여자로 대표되는 여성의 이미지는 빛을 지시한다. 그러나 피상적으로 연상하듯, 이 작품에서 어둠이 악마적인 것은 아니다. 나는 어둠을 악으로 드러내는 단순한 이분법은 피했다. 내 소설에서 어둠은 다만 자폐적인 공간일 뿐이다. 자폐적이라는 말은 중립이다. 선은 아니지만 악도 아니다. 어둠이 그러한 것처럼. 중요한 것은, 자폐적인 사람에게는 어둠이 아늑함과 고요함과 평온함, 더 중요하게는 숙명의 표상이 되기도 한다는 점이다. 내 소설의 주인공은 어둠에 의해 양육된 자다. 어둠이 그를 키웠다. 지금의 '그'는 (누군가로부터) 양육된 자다. 그가 빛을 견디지 못하는 것은 그 때문이고, 이는 또한 빛이 무조건적인 선일 수 없다는 암시이기도 하다.

부성의 강렬한 이미지가 전면에 나타나는 유년기 이야기는 설화처럼 쓰고자 했고, 자폐적 공간에 대한 기록인 청소년기 이야기는 고백록처럼 쓰고자 했다. 전자는 『창세기』(에덴 정원의 신과 인간의 이야기)와 오이디푸스의 모티프에 의존하고 있고, 후자는 많은 성장소설류의 작품을 쓴 작가들에 빚지고 있다. 그 작가들 가운데 대표적인 사람들은 헤르만 헤세와 앙드레 지드와 도스토옙스키다. 내 소설 속의 인물은 어둠 속에서 『데미안』과 『지상의 양식』과 『지하생활자의 수기』를 읽는다.

『생의 이면』을 써놓고 자전적이 아니냐는 질문을

많이 받았다. 그 질문에 대한 나의 대답은 모든 소설은 자전적이라는 것이다. 그리고 모든 자전적인 소설들은 가면을 쓰고 있다는 것이다. 물론 그 가면은 춤을 추기 위한 가면이다. 춤을 추기 위해서 가면을 쓴다. 가면을 벗으라는 요구는 따라서 부당하다. 춤을 끝낼 때가 아니고는 가면을 벗지 않는 법이다. 나는 내 소설의 마지막에 이렇게 써두었다.

그때부터 지금까지 그의 글쓰기는 감춰진 것의 드러내기이다. 그 드러내기는 그러나 감추기보다 더 교묘하다. 그것은 전략적인 드러냄이다. 말을 바꾸면 그는 감추기 위해서 드러낸다.

—졸작, 『생의 이면』, 문이당, 1995

그러나 새삼스러운 말이지만, 사실의 왜곡이 진실의 부재까지 가리키는 것은 아니다.

나는 왜 문학을 하는가

인생에 대한 복무

아무도 찾아와 빌지 않는, 이제는 폐허가 된 원형의 신전에 나타나 아무것도 하지 않고, 신에게 빌지도 않고, 다만 꿈만 꾸는 한 사람에 대한 이야기를 들려준 사람은 보르헤스다. 소설 속의 주인공은 꿈꾸기 위해서 잠을 잔다. 아무것도 하지 않고 잠만 잔다. 사람들이 그에게 먹을 것을 갖다 준다. 그의 일은 꿈꾸는 것이다. 그는 왜 꿈을 꾸는가? 꿈을 통해서 한 사람을 탄생시키기 위해서라고 작가는 말한다. 그의 꿈속에서 사람이 태어난다. 그 과정은 그러나 쉽지 않다. 그는 지난한 과정 끝에 한 사람의 생명을 탄생시킨다. 한 사람을 태어나게 하기 위해 그는 꿈을 꾸는 것이다.

예컨대 이즈음의 나는 소설가란 자들이 누군가

를 혹은 무엇인가를 태어나게 하려고 꿈속으로 들어가는 종자들이라는 생각을 종종 한다. 현실의 진흙 구덩이 속에서 뒹굴고 다투고 계산하는 것은 다른 이들의 몫이다. 소설가는 이 세계 너머에, 또는 그 안쪽 깊이에 이 세계와 다른, 혹은 똑같을 수도 있는 또 하나의 세계를 설계한다. 그것은 꿈꾸기를 통해서만 가능한 세계다. 그가 꿈을 통해 창조해낸 세계가 현실의 세계와 똑같아서 구별되지 않는다고 해도 불필요한 것이 아니고, 현실의 세계와 너무나 동떨어져 있어서 도무지 연관이 되지 않는다고 해도 무의미한 것은 아니다. 그는 사는 자가 아니라 꿈꾸는 자다. 아니, 그의 꿈꾸기가 곧 삶이다. 그는 살기 위해 꿈꾸고, 꿈꾸기 위해 산다. 그러므로 현실의 세계와 꿈의 세계가 구별되지 않을 정도로 똑같거나 그 두 세계가 너무나 동떨어져서 도무지 아무런 연관을 지을 수 없다고 해도 꿈꾸기를 포기하고 현실의 세계에 섞여버릴 수는 없다.

"소설로 인생에 복무한다"라는 문장을 나는 가끔 반추한다. 언젠가 한 지인이 자신이 펴낸 책의 첫

장에 써서 내게 준 말이다. 그는 괜찮은 목사이고 성실하고 꼼꼼한 비평가다. 그가 써준 문장을 대할 때까지 나는 내가 왜 문학을 하는가 하는 질문에 대해 어떤 답도 장만하지 못하고 있었다. 그 물음은 마치 왜 사느냐는 물음처럼 부피는 너무 크고 무게는 없었다. 무게 없는 부피는 부담스럽지만 억압하지 않는다. 그러니까 부담스럽지만 해답을 마련하지 않고도 얼마든지 버틸 수 있다. 그리고 또 반드시 어떤 대답을 장만해야 하는 것도 아니다. 오히려 그 정도의 부담을 가진 채로 살아가는 것도 나쁘지 않을 수 있다. 그래서 우리는 왜 사느냐는 질문에 대답하지 않고도 별일 없이 살아간다. 삶의 마지막 순간을 왜 사는지 알지 못하거나 왜 사는지 생각해보지 않은 채 맞이할 수도 있다.

그러나 질문은 안팎에서 간단없이 출몰했고, 그때마다 나는 어떤 임시의 대답이라도 마련해 가지고 싶었다. 나는 왜 문학을 하는 것일까? 예컨대 정치나 조경이나 농사를 하지 않고 왜 문학을 하는 것일까?

듣는 이에 따라서는 다소 막연하고 포괄적으로 들릴 수도 있는, 소설로 인생에 복무한다는 그 말이 아주 구체적이고 그럴 수 없이 명징한 충고가 되어 내 가슴에 박힌 것은 임시적이고 불충분할지라도 하나의 대답을 갖게 되기를 바랐기 때문이 아니었을까. 복무한다는 것은 그것에 자신의 삶을 건다는 뜻이다. 혹은 그것을 통해 자신의 삶을 꾸린다는 뜻이다. 누군들 무엇을 위해서든 자신의 몸과 정신을 바치지 않겠는가. 무엇엔가 바치지 않는 삶이 어디 있겠는가. 무엇엔가 바치지 않고 영위하는 삶에 무슨 무게가 있겠는가. 복무한다 함은 소명의 다른 말이다. 나는 이 엄숙주의의 냄새가 나는 문장을 부피만 크고 무게는 없는 그 질문에 대한 임시방편의 해답으로 취하기로 했다.

그런데 왜 소설이고 문학일까? 현실 속에 들어가 사는 것이 아니라 그 현실 너머 또는 그 현실의 깊이에서 다른 현실을 꿈꾸는 것이 소설이고 문학이기 때문이라고, 사는 것이 아니라 꿈꾸기, 꿈꾸기가 곧 살기인 영역이 그곳이기 때문이라고 보르헤스는 가르쳐준다. 주어진 하나의 현실 세계와 구별된 다른 세계에 대한 기대가 없는 곳에 문학이나 소설이 자리할 수 있겠는가.

그것은 한편으로 그곳에 빠져드는 자의 열악한 처지를 상기시키면서 동시에 그로 말미암은 정신의 우월감을 같이 불러낸다. 열등하기 때문에 우월하고, 비루하기 때문에 고상하다는 명제는 이 대목에서 진실이다. 누가 꿈꾸는가. 몸이나 처지나 조건이 온전하지 않은 자가 아니라면 누가 구태여 꿈을 통해 살기를 희망하겠는가? 그러나 다시 질문해보자. 저 폐허가 된 신전에 와서 꿈꾸는 자는 대체 누구인가? 그는 꿈을 통해 하나의 인격, 하나의 세계를 창조해낸다. 비루하기 때문에 꿈꾸지만, 꿈꾸기 때문에 그는 고상하다. 삶의 열악함이 그에게 꿈을 강요하지만 그러나 그는 그가 꾸는 꿈을 통해 위대해진다.

그가 꿈꾸는 자리가 버려진 신전이라는 사실은 어떤가. 신의 광휘가 사라진 신전은 황폐하다. 사람들은 기도도 하지 않고 찬양도 하지 않는다. 제물도 가져오지 않는다. 신은 잊혔다. 신전이 황폐해진 것은 신이 잊혔기 때문이다. 잊힌 신의 집만이 황폐해질 수 있다. 그럼에도 불구하고 그곳은 신전이다. 버려졌지만 신전이고, 신전이지만 버려졌다. 버려지지 않았다면 그곳에 사제가 있을 것이고, 그러므로 꿈꾸는 자는 그곳에 없을 것이고, 신전이 아니라면 신전이 아니기 때문에, 세속이기 때문에 그곳에 없을 것이다.

재미를 추구하는 사람은 더 이상 소설책을 읽지 않고, 지식이나 정보를 원하는 사람도 문학판에 머물지 않는다. 않을 것이다. 세상에는 소설책보다 더 재미있는 것이 너무나 많고 문학보다 더 유익한 것 또한 넘쳐난다. 남은(남을) 사람은 소설이나 문학에서 오락성과 실용성이 아닌, 그것만의 고유한 가치를 보았거나 보리라고 기대하는 사람들이다. 그들은 주어진 하나의 현실 세계에 만족하지 않거나 만족할 수 없거나 만족해서는 안 된다고 믿는 사람들이다.

주어진 하나의 현실 세계가 아니라 꿈꾸기를 통

해 얻어지는 또 하나의 세계가, 주어진 하나의 현실 세계를 위해서도 필요하다는 믿음, 그렇게 함으로써 현실로 주어진 하나의 세계를 더 잘 이해할 수 있게 된다는 믿음, 그 믿음이 이제 빌기 위해 찾아오는 사람도 없는 황폐한 원형의 신전을 찾게 한다.

그는 열등하기 때문에 꿈꿀 수밖에 없지만 꿈꾸기 때문에 위대해진다. 그는 비루하기 때문에 꿈꾸지만 꿈꾸기 때문에 고상해진다. 그러나 알듯이 보르헤스의 주인공이 생명을 탄생시키는 과정은 힘들고 지난했다. 위대해지고 고상해지기가 그렇게 힘들고 지난하다는 사실을 우리는 또한 안다.

새벽 산책

지금은 소설 선생이 되어 학생들을 가르치고 있지만 마흔한 살까지 나는 글 쓰는 것 말고는 다른 직업을 가지고 있지 않았다. 그렇기 때문에 굳이 밤에만 일을 해야 하는 것은 아니었다. 나는 시간을 차별하지 않았다. 지금도 마찬가지지만 밤이나 낮, 또는 새벽, 또는 다른 어떤 시간이 소설을 쓰는 데 특별히 능률적이라고는 생각하지 않았다는 뜻이다. 나는 방 안에서 뒹굴면서 일을 하다 말다, 하는 둥 마는 둥 한다. 그것이 내가 글을 쓰는 방식이다. 참된 의미에서 구상의 공간은 책과 생각이 나뒹구는 내 방일 뿐이다.

그렇긴 해도 밤 시간을 붙잡고 늘어지는 경우가 많은 건 사실이다. 나는 낮에 일이 손에 잡히지 않으면 잠을 잔다. 밤에 사용할 에너지를 비축하기 위해서다. 첫 번째 조간신문이 배달되는 것은 새벽 3시다. 그로부터 약 두 시간 간격으로 나머지 두 개의 신문이 들어온다. 나는 현관에 신문이 떨어지는 소리가 날 때마다 책상에서 일어난다. 어떤 때는 내가 잠을 자지 않고 깨어 있는 것이 이 신문들을 기다리기 위해서인 것 같다는 생각이 들기도 한다. 마지막 신문이 툭 소리를 내며 집 안으로 들어오면 나는 그만 작업대를 거둔다.

남양주에 살 때, 그 이른 아침 시간에 내가 자주 가던 곳이 홍유릉 앞 광장이었다. 고종과 순종 그리고 그 비妃들이 누워 있는 그 능은 내가 살고 있는 아파트 단지에서 걸어서 2분 정도 거리에 있었다. 그래서 나는 그곳을 우리 집 정원이라고 부르곤 했다. 새벽 공기는 과즙과 같았다. 그 과즙의 현기증 때문에 한참 동안 땅바닥에 누워 있을 때도 있었다.

한낮에 능 안으로 들어가 흐느적거리는 걸음걸이로 어슬렁거리다 보면 아름드리 침엽수들과 파란

잔디와 연못의 연꽃들은 그 뜻밖의 평화로움으로 도시인의 숨통을 트이게 한다. 거기다 몰락한 왕조의 마지막 왕들은 말없이 누워 삶과 역사에 대한 사색을 유도하기까지 한다.

남양주에서 10년 넘게 살았다. 물론 전세가 싼 집을 찾아서였다. 처음엔 이곳의, 도시도 아니고 시골도 아닌 어중간함(그 정나미 떨어지는 어수선함!)이 쉽게 정주定住 의식을 갖지 못하게 했다. 지역 내에 사는 문화예술인들을 파악한다는 동사무소 직원에게 금방 떠날 거라고 대답했던 기억이 난다. 실제로 몇 해 동안 늘 떠날 생각을 하며 살았다. 홍유릉마저 없었다면 어쨌을까 싶다. 내 아들은 홍유릉 앞 광장에서 걸음마를 배웠고, 자전거를 배웠고, 축구공을 뻥뻥 차며 발의 힘을 길렀다.

여러 가지 생각으로 머리가 산만하고 상상력이 동굴처럼 캄캄해질 때면 물을 보러 간다. 강변 둑을 걷거나 강이 잘 내려다보이는 커피 집에 앉아 통유리를 통해 물을 바라보곤 한다. 물은 그냥 바라보기만 해야 한다는 것이 내 생각이다. 만지거나 그 안으로 들어가면 금방 형체를 무너뜨려버린다. 그것은 물이 간섭을 싫어하기 때문이다.

그러나 그곳은 구상의 공간이 아니다. 자연은 생각 자체를 지워 없앰으로써 자연 안에 들어온 자를 강복降福한다. 강물 속에 문학을 담그고 나는 내 문학에게 세례를 베푼다. 물속에 잠김으로써 옛 문학은 죽고 새 문학이 태어나리라……. 그러나 안타깝게도 나는 세례의 일회성을 믿지 못하는 엉터리 사제다. 세계는 거듭거듭 끝없건만 문학은 낡은 채로 그냥 있다.

골짜기에 빠진 세대의 소설 쓰기

한 평론가는 우리 세대를 "골짜기에 빠진 세대"라고 불렀다. 우리가 어딘가에 빠진 것은 사실이었던 것 같다. 그것이 골짜기였을까? 그렇다면 그것은 어떤 골짜기였을까? 골짜기라면 적어도 두 개 이상의 인접한 봉우리를 상정해야 한다. 골짜기를 만드는 것은 봉우리이기 때문이다. 봉우리가 높을수록 골짜기는 깊다.

봉우리나 골짜기는 그럼 무엇인가. 시대다. 존재의 조건인 시간과 공간—우리의 시대는 두 개의 우뚝한 봉우리 사이에 가라앉아 있다. 우뚝하다고 해서 우월한 것은 아니다. 우쭐할 일도 아니고 의기소침할 일도 아니다. 그러나 가라앉아 있는 것은 우뚝서 있는 것들에 의해 상대적으로 왜소화된다. 관계는 언제나 상대적이다. 봉우리는 주변에 의해 높아지고, 동시에 주변을 낮춘다.

그런데 다시 생각해보면 봉우리나 골짜기는 일종의 지각 변동의 산물이다. 우리 세대가 골짜기에 빠진 것이 사실이라면 그것은 시대의 지각변동을 피할 수 없었기 때문이다. 그리고 사실 지각변동은 피할 수 있는 것이 아니다. 우리 몸의 대처 능력보다 변동의 속도가 훨씬 빠르다. 몸이 특정한 자세를 익히는 데에는 꽤 많은 시간이 걸리고, 한번 굳어진 그 자세를 바꾸는 데에는 더 많은 시간이 걸린다. 때로는 바꾸는 것 자체가 불가능한 경우도 생겨난다.

시간은 누군가를 편든다. 시간보다 힘센 자도 없고 시간의 영향력으로부터 자유로운 자도 없다. 인간에 의해 이루어진 업적 가운데 8할, 어쩌면 그 이상이 시간, 즉 상황의 몫이다. 문학 역시 예외가 아니다.

1989년, 베를린장벽이 무너졌다. 동구가 몰락하고 사회주의가 철거되고 자본주의와 사회주의의 대결이 더 이상 의미 없어졌다. 우리나라에서도 군부에 기반한 오랜 권위주의 정권이 물러났다. 모든 일이 빠르고 거칠게 진행되었다. 이제까지와는 다른 삶의 태도를 요청하는 거센 물결 앞에서 사람들은 흥분했고 우왕좌왕했다. 기대와 불안이 수시로 교차했다.

이념의 탈색과 컴퓨터의 보급은 이 땅에 압구정동이라는 욕망의 해방구와 오렌지족이라는 신인류를 탄생시켰다. 생산 대신 소비, 공동체 대신 개인, 정신 대신 감각, 이념 대신 욕망으로 무장한 새로운 종의 인간들. 그들은 매우 낯설었다.

등하교 때 줄을 맞춰 맹호부대나 귀신 잡는 해병 노래를 부르며 초등학교를 다닌 세대, 교련복을 입고 군사훈련을 하고 유신과 긴급조치, 계엄령, 시위와 고문, 광주에서의 유혈 사태, 잦은 휴교령, 대학 정문을 가로막고 선 탱크 등에 익숙해지면서 굳은 근육을 만들어온 세대에게 1990년대의 시작과 함께 밀려들어온 감각과 욕망과 가벼움의 물결은 지각변동이나 마찬가지였다. 발을 딛고 선 땅이 갑자기 가라앉고 새로운 땅이 솟아올랐다.

이 시대의 소설들이 개인에게 애정을 기울이고 사소하고 자질구레한 일상에 카메라를 들이댄 것은 전 시대의 엄숙주의와 거대 담론에 대한 반작용이라고 할 수 있다. 집단과 이념의 부피에 가려 보이지 않던 개인, 추구하고 지향해야 할 이상적 사회의 모델에 대한 강변에 눌려 들리지 않던 일상의 목소리들이 때를 만난 듯 튀어나왔다. 어제까지 중요했던 것들은 이제 중요하지 않다는 선언이 여기저기서 튀어나왔다. 반성하고 돌아볼 시간도 없었다. 그럴 수밖에 없는 것이 근본적으로 감각과 욕망은 반성과 성찰의 기제를 가지고 있지 않은 것이다. 중요한 것은 다만 스타일일 뿐이다. 그것도 새로운 스타일. 주제는 어제의 문학의 신이었다. 이제 그 낡은 신은 끌어내려져야 했다. 그동안 잘 다듬어온 튼튼한 근육이 순식간에 저주의 몸이 되었다. 나는 현기증 같은 것을 느꼈다.

새로운 물결에 올라타보려는 시도를 전혀 하지 않았다고 할 수는 없다. 그러나 굳은 근육은 풀기가 어렵고 오랜 시간에 걸쳐 형성된 폼을 바꾸기도 쉽지 않은 법. 나는 내가 새로운 물결을 타지 못해 익사할 거라고 생각했다. 더 이상 소설을 쓸 수 없을 거라고 생각했다. 왜냐하면 중심을 잡고 서 있기도 어려웠으니까. 중심을 잡아야 한다니! 나는 몰랐다. 중심을 잡고 서 있으려는 안간힘이 내 몸을 더 휘청거리게 한다는 사실을. 이미 중심은 존재하지 않는 것이라고 선언된 다음이었던 것이다. 없는 중심을 어떻게 붙잡는단 말인가. 그냥 흔들려야 하는 것을. 흔드는 대로 그냥 흔들리면 물 위에 떠 있을 수 있는 것을. 그러나 그것도 아니었다. 그냥 흔들려야 한다는 사실을 안다고 해서 문제가 해결되는 것은 아니었다. 그렇게 단순하지 않다. 아는 것과 몸이 움직이는 것은 아주 다르다. 오랜만에 달리기를 하는 어른들이 대개 앞으로 고꾸라지는 이유를 아는가. 몸이 의욕을, 혹은 의욕만큼, 따라가주지 않는 탓이다.

나는 소설 쓰기를 근육의 작용이라는 식으로 말해버렸다. 고개를 저으며 거부반응을 보이는 사람을 예상할 수 있다. 그러나 나는 내 생각을 견지해야겠다. 소설 쓰기는, 내 경험에 의하면, 학습되는 것이 아니라 숙달되는 것이다. 기술을 익히는 것이 아니라 길들이는 것이다. 말하자면 한 편의 소설은, 그 소설이 쓰이는 시간까지의 그의 전 삶의 과정의 투사다. 그때까지 먹고 듣고 보고 읽고 느끼고 배우고 경험한 모든 것이 몸과 근육을 만든다. 소설은 그 근육의 움직임이다. 몸에 배어 있는 것들이, 배어 있는 것들만이 밖으로 배어 나오는 것이다. 그러니 언제 어떻게 새로운 근육을 만들겠는가.

누구는 대중소설을 쓰고 누구는 영화를 만들고 누구는 대학으로 갔다. 그리고 보다 많은 이들이 잠적했다. 잠적했다는 표현은 옳지 않다. 골짜기가 깊거나 봉우리가 높아서 보이지 않게 되었다는 편이 진실에 가깝다.

하지만 이것은 엄살이 아닌가. 세대의 역할 분담에 대한 인식이 부족하다는 지적을 받을 수도 있겠다. 시대가 바뀌었는데도 새로운 세대가 이전 세대를 그대로 복사하고 있다면 그것이 무엇이겠는가.

시대는 베풀고 또 부과한다. 세대는 누리고 또 감당한다. 모든 시대가 그러하고 모든 세대가 그러하다. 모세의 계명에 기대 말하자면, 이웃의 집을 탐내지 말아야 한다. 그래선 안 되고 그럴 필요도 없는 것이다.

그렇게 하여 총체가 이루어진다. 총체는 전 시대, 전 공간을 망라한다. 존재하는 것들은 다만 특정한 시간과 특정한 공간을 점유할 뿐이다. 우리에겐 전부인 것이 총체에겐 극히 작은 일부에 지나지 않는다. 그러나 또한 그 작은 일부가 총체를 이루는 것도 사실이다.

총체에겐 극히 작을지 몰라도 우리에겐 전부라는 생각은, 각각의 세대에 충실하라는 요청으로 이어진다. "네 이웃의 집을 탐내지 말라"라는 계명은 네 집을 소홀히 하지 말라는 계명을 불러낸다. 그 계명을 부연하면 다음과 같다. 다른 사람에게 베풀어지고 부과된 것에 신경 쓰지 말고 너의 것을 누리고 감당하라. 할 수 없는 것은 하지 말라, 가 아니라 할 수 있는 것을 하라, 이다.

그것이 내가 얻은 잠정적인 답이었다. 90년대 초의 지각변동을 나는 내 마음속에서 불거져 나온 그 새로운 계명에 의지하여 넘어왔다. 나는 오기를 부리듯 절필하지 않겠다고, 물어보는 사람 한 명 없는데도, 가끔 선언했다. 그렇게 해서라도 나를 무장해야 했다. 그리고 그들이 아니라 나에게 베풀어지고 부과된 것이 무엇인지 몰두했다.

가령 기억은 전적으로 한 개인에게 속한 것이다. 그때 나는 내 기억이 일종의 어둡고 깊고 꾸불꾸불한 동굴이라는 걸 알았고, 그 동굴 속에 무언가 대단한 것이 감춰져 있다는 걸 느끼면서도 무엇 때문인지 차마 들어가려고 하지 않았다는 것을 알았고, 이제 그 속으로 들어가볼 때가 되었다는 것을 알았고, 그것은 새로운 계명이 지시했기 때문이지만 또한 살기 위해서 그래야 한다는 것을 알았다. 기억은 단순한 과거의 모음이 아니라 편집된 것이다. 편집이란 키우기와 줄이기, 지우기와 순서 바꾸기 같은 일련의 과정을 포함한다. 기억 속에서 과거의 사실들은 재구성된다. 큰 것과 작은 것의 구분이 달라지고 순서가 바뀌기도 하고 심지어 어떤 것들은 아예 지워지기도 한다. 소설의 구성 과정과 흡사한 일들이 우리의 기억 속에서 이미 일어나고 있는 것이다.

네 이웃의 집을 탐하지 말라는 계명에 따라 나는 지각변동이 만들어낸 봉우리에 애써 둔감해지기로 했다. 거기 있는 사람들이 무얼 하든 그건 그들의 일이다. 누구든 자기에게 베풀어진 능력으로 자기에게 부여된 일을 한다. 크고 작은 여러 개의 강이 물을 데리고 바다로 간다. 바다를 채운 물은 하나의 강의 물이 아니다. 나는 전부가 아니다. 나는 나보다 잘 알고 있는 사람이 없는 세계, 오직 나만 알고 있는 세계 속으로 들어갔다. 나의 작은, 그러나 전체인 세계에 집중하기로 했다. 그래야 한다는 것이 아니라 그럴 수밖에 없었던 처지였다. 예컨대 『생의 이면』이라는 소설을 쓸 때의 마음 상태가 그러했다.

그리고 나는 알았다. 그는 그렇게 살고 나는 이렇게 산다. 봉우리의 삶과 문학이 있듯 골짜기의 삶과 문학이 있다. 봉우리는 높고 골짜기는 (낮은 것이 아니라) 깊다. 그것들은 다른 차원에 존재한다. 아니, 골짜기는 다만 봉우리에서 내다보는 시선이 규정한 이름일 뿐이다. 골짜기는 봉우리를 지향하는 의식에게만 골짜기다. 봉우리를 향해 올라가려고 하지 않는 사람에게 골짜기는 애초에 존재하지 않는 이름이다. 그러니 골짜기에 빠졌다는 식으로 말하지 말라. 지각변동은 늘 일어난다.

대산문학상에 대한 기억

그때 나는 테니스장에 있었다. 하루가 다르게 떨어져 내리는 체력을 그냥 두고 볼 수 없다는 판단을 하고 집 앞 테니스장에 나가기 시작한 것이 몇 달 전이었다. 몸을 가지고 하는 일체의 일을 자신 없어 하던 내게 집 앞의 테니스장은 아주 멀었다. 그 앞을 지나다니며 공 치는 사람들을 유심히 지켜보곤 했다. 한 반달쯤 그랬던 것 같다. 1993년. 소설만 쓰며 살기로 작정한 서른네 살의 전업 작가는 위기에 봉착해 있었다. 주제 의식에 붙들린 글을 읽고 쓰고 사고하던 80년대 작가에게 90년대는 소통이 불가능한 젊고 변덕스럽고 새로운 주인처럼 찾아왔다. 아비는 완고했지만 친근했다. 그 아비가 사라지고 난 뒤 그 뒤를 이은 아들은 아비와는 사뭇 다른 일을 요구했다. 과거의 주인에게 길들여진 80년대 작가들은 대체로 당황했고, 적응을 잘하지 못했다. 자주 주인과 다퉜고, 거의 일을 하지 못했고, 일을 하더라도 실적을 내지 못했다. 더러 그 집을 떠나 다른 일터로 옮겨 가기도 했다. 나 역시 예외가 아니었다. 주인과 다투어 일을 하지 못하고, 실적을 내지 못했다. 그 집을 떠나 다른 일터로 옮겨 가고 싶은 마음도 있었다. 그럴 수 있다면 그러고 싶었다. 그러나 유감스럽게도 나에게는 옮겨 갈 다른 일자리가 없었다. 어떻게 해서든 그 집에서 먹고살아야 했다. 주인 눈에 들게 일을 하든지 주인 눈을 내 일에 맞추든지 해야 했다. 비장해지지 않을 수 없었다. 몸을 튼튼하게 해야겠다는 생각은 아마 그런 비장함의 한 방편이었을 것이다.

공을 치고 있는 테니스장으로 아내가 찾아왔다. 대산문화재단에서 전화가 왔다고 했다. 급한 일이라고 했고, 전화를 해보라고 했다. 대산재단이 문학상을 제정하고 그 당시로서는 최고의 상금을 준다는 말을 신문 보도를 통해 알고 있었지만 내가 그 상을 받게 되리라는 기대는 하지 못했다. 우선은 내 자신에 대한 불신 때문이었고(나는 내가 그런 상을 받을 만한 자격이 있다고 생각할 수 없었다), 다음으로는 문학상 수상자가 결정되는 과정에 대한 의혹 때문이었다(나는 그런 상이 나에게 주어질 거라고 기대할 수 없었다). 그도 그럴 것이 나는 문단에 얼굴을 내민 후 문학상이라는 걸 받아본 적이 없었다. 흔히 이런 저런 문학상의 후보로 거론되기는 했다. 그러나 상은 나에게 주어지지 않았다. 그 이전인지 이후인지는 모르겠으나 어떤 신문기자가 나를 소개하면서 "최다 문학상 후보자"라고 한 적이 있었다. 후보에는 언제나 끼는데 결정적으로 상을 받지는 못하는 작가라는 뜻이었겠다. 마치 최종심에는 단골로 오르면서도 당선에는 이르지 못하는 작가 지망생과 같은 꼴이 아닌가. 무난하지만 충분하지는 않다는 뜻이겠지. 그런 생각은 어쩔 수 없이 쓸쓸한 감상에 빠져들게 했다. 그러나 쓸쓸한 것은 괜찮았다. 문제는 무력증이었다. 나는 의욕을 상실하지 않기 위해 '저 포도는 시다!' 식의 방어기제로 무장해야 했다.

나는 내 무장이 타인들에게 초연함으로 보이기를 희망했다. 오해인지 모르지만, 어느 정도는 희망대로 된 것도 같았다. 아니면 사람들에게 내가 속아 넘어간 것일까.

집으로 와서 대산재단에 전화를 걸었다. 대산재단의 담당자 곽효환 씨는 제1회 대산문학상의 소설 부문 수상자로 결정된 이승우가 누구인지도 모르고 있었다. 수상 소식을 전하면서도 시 부문의 고은 선생, 평론 부문의 백낙청 선생과 함께 대산문학상의 1회 수상자로 결정된 서른네 살의 무명 소설가가 도무지 미덥지 않다는 눈치를 숨기지 않았다. 나 역시 믿기지 않았다. 나는 수상 소식을 전달받는 데 익숙하지 않았다. 한 해 전에, 기억의 가장 안쪽에 웅크리고 있던 시간들을 끄집어내어 힘들게 만든 『생의 이면』이 수상작이었다. 소식을 듣고 내가 뭐라고 했는지는 기억나지 않는다. 그러나 크게 기뻐하거나 흥분하지 않았다는 것은 분명하다. 저 포도 시다, 식의 초연을 위장한 자기최면이 아마도 효과를 발휘한 덕택이었을 것이다.

대산재단과 나의 인연은 그렇게 시작되었다. 그 이후 『생의 이면』은 대산재단의 지원을 받아 프랑스어로 번역되었고(2000년), 프랑스에서 제법 좋은 반응을 얻었다. 덕택에 그 나라를 방문할 기회도 생겼다. 그 작품으로 하마터면 페미나상을 받을 뻔했다.

대산재단은 상을 줌으로써 내 지지부진한 창작 행위를 격려했다. 그리고 낯설고 새로운 주인 아래서의 소설 쓰기에 대해서도 일정한 방향을 암시해 주었다. 그것은 낯선 주인의 눈치를 보지 않고 내가 할 수 있는 것을 자신 있게 하는 것이었다. 나는 그렇게 하려고 노력했고, 그럼으로써 변덕스럽고 낯선 90년대를 넘어갈 수 있었다. 주인은 나를 그다지 달가워하지는 않았지만 그렇다고 내치지도 않았다. 사람들 붐비는 대로에는 가보지 못했지만 어딘가에 내 자리는 늘 있었다고 나는 생각한다.

내 소설의 공간

가끔 당신의 소설은 어디서 탄생하는가 하고 묻는 사람이 있다. 그런 질문을 받으면 나는 일단 당황한다. 소설은 탄생하는가, 예컨대 만들어지는 것이 아니라 태어나는 것인가 하는 의문 앞에서 먼저 멈칫한다. '만들어내다'가 인위적 작업의 인상을 풍기는 반면 '태어나다'는 생리적 작용의 자연스러움을 연상하게 한다. 내 소설들은 대체로 그러하지 못해서 불만이지만, 나는 위대한 예술은 자연스러운 유출의 과정을 통과해 나오는 것이라는 생각을 가지고 있다. 인위적 힘의 가세나 억지로 짜 맞추는 행위, 이른바 작위作爲는 어쩐지 불순한 느낌을 준다. 기운생동氣韻生動이라고 했나. 조금은 신비주의적으로 들릴지 모르겠으나 무엇을 하는 것이 아니라 무엇이 저절로 되는 어떤 경지에 대한 막연한 마음의 이끌림이 있다. 내 작품은 '아직' 아니지만, 늘 그런 상태를 지향하고 꿈꾼다. 나는 내 소설이 만들어지는 것이 아니라 태어나는 것이었으면 좋겠다.

그러니까 당신의 소설은 어디서 탄생하느냐는 질문 앞에서 내가 당황하는 것은 소설의 탄생이라는 생리적 어휘에 대한 불편함만은 아니다. 그보다는 작품마다 탄생의 내막이 다르다는 이유가 더 크다. 어떤 작품은 머릿속에서 태어나고 어떤 작품은 발끝에서 태어나지 않던가. 책을 읽다가 생겨나기도 하고 그림이나 영화 속에서 튀어나오기도 하지 않던가.

내 소설이 잉태된 대표적인 자궁으로 나는 흔히 기억과 책과 공간을 든다. 기억은 얇거나 두껍고 멀거나 가깝고 사소하거나 거창하다. 그러나 그것들이 소설 속으로 들어올 때 원형을 환기시키지 않는 기억이란 없다. 얇든 두껍든, 멀든 가깝든, 사소하든 거창하든, 기억되는 그것이 인간 조건의 어떤 부분을 증거하지 않는 법은 없다. 그 때문에 기억은 언제나 결정적이고 때로 치명적이기도 하다. 소설가의 기억이 소설을 만든다. 소설가의 어떤 얇거나 두꺼운, 멀거나 가까운, 사소하거나 거창한, 그러나 결정적이고 치명적인 기억이 소설의 배아胚芽다. 기억할 것이 없는 사람은 소설을 필요로 하지 않는 사람이다. 소설 역시 그런 사람을 필요로 하지 않는다. 소설이 기억의 형식이라는 말은 그런 뜻에서 옳다.

책은, 보르헤스를 따라 말하면, 기억의 확장이며 상상력의 확장이다. 그는 도서관을 인류의 기억이라고 한 버나드 쇼에 동의를 표했고, 나는 버나드 쇼에 동의를 표한 보르헤스에게 동의를 표한다. 그는 과거를 기억해내는 것과 꿈을 기억해내는 것이 책의 기능이라고 말했다. 나는 거기에 덧붙여 또 하나의, 다른, 새로운 책을 기억해내는 것이 보다 중요한 책의 기능이라고 말한다. 한 권의 책이 하나의 새로운 소설을 잉태하게 했다면 하나의 새로운 소설은 그 한 권의 과거의 책 속에 무정형으로, 이를테면 일종의 가능태의 형식으로 미리 존재했던 것이라고 말해야 옳다. 책을 읽을 때 문장들은 독자인 나의 사고를 자극하고 상상력을 추동한다. 문장들은 나에게 말하고 나는 대들거나 반문하거나 수용한다. 나의 대듦이나 반문이나 수용에 대해 문장들의 대듦이나 반문이나 수용이 이어지고, 이런 일들이 끊임없이 되풀이되면서 거기에 하나의 유연하고 둥글고 탄력 있는 공간이 생겨난다. 때때로 그 공간에서 소설이 탄생한다. 그럴 때 새로 태어나는 소설은 그 책의 잠재의식에서 불러내어진, 기억된 소설이다. 그러니까 과거의 책들은 미래의 책들을 기억 속에 품고 있는 셈이다.

그리고 공간이 있다. 작가의 삶의 무대는, 언제나 가장 빈번하게 등장하는, 가장 중요한 작품의 공간이다. 사람은 자기를 조건 지우는 환경으로부터 자유로울 수 없다. 그 조건의 씨줄과 날줄은 시간과 공간이다. 사람이 시간이라는 씨줄과 공간이라는 날줄에 갇힌 수인이라는 지적은 너무 마땅해서 진부하다. 상상력은, 필시 사람을 가둔 시간과 공간이라는 울타리를 벗어나보려는 수인의 안간힘일 것이다. 그러나 우리가 알거니와 상상력은 자생하는 것이 아니다. 수인의 조건들, 그 특정한 시간이거나 공간, 그 특정한 시간과 공간 속의 사물들이 상상력을 불러일으키거나 매개한다. 여기 혹은 저기 존재하는 눈이나 불을 보면 무언가 불러일으켜지는 것이 있다. 상상력이 눈이나 불을 존재하게 하는 것은 아니다. 상상력의 무엇이 아니라 무엇의 상상력이다.

나는 서울의 동쪽에 있는 외곽에서 20대의 마지막 한 해와 30대를 다 보내고 40대 초반까지 살았다.(앞서 이야기한 바 있듯이.) 남양주는 시골도 아니고 도시도 아니다. 실제로 남양주에는 면이나 읍도 있고 동도 있다. 도농통합도시라고 하던가. 아무튼 어중간하다. 그런데 무엇 때문인지는 몰라도 나는 그런 어중간함이 마음에 들었다. 자연이 없는 도시는 숨 막히고, 문화가 없는 자연은 삭막하다. 산도 물도 있어야 하지만 신문과 찻집과 백화점과 영화관도 있어야 안심이 된다. 사람은 없어도 견딜 만한데, 매체가 없으면 견디기가 쉽지 않다. 매체는 자연과 문명과 인간을 이어주는 끈 같은 것이다. 자연만도 아니고 문명만도 아닌, 도농통합도시의 주민다운 어중간함이 매체주의자의 성격이다. 나는 빈터에 배추도 심고 고구마도 키웠지만 아파트에 살았다. 나는 들길 산길을 산책하는 걸 좋아하지만 자동차를 타고 드라이브하는 것도 좋아한다.

나는 자주 걷는다. 내 걸음은 대체로 느리고 흐느적거린다. 등은 구부정하게 굽었고, 손은 거의 항상 호주머니에 들어가 있다. 내가 그런 식으로 어슬렁거리며 걷는 것은 내 사유가 그렇게 느리고 흐느적거리기 때문이다. 내 발걸음은 내 사고의 보폭에 맞추느라 저절로 느려졌다. 뛰거나 뛰듯이 빠르게 걸을 때 내 생각은 파편처럼 부서지거나 이어폰 줄처럼 함부로 엉킨다.

내가 가장 자주 가던 곳은 우리 집에서 내 느린 걸음으로 5분이면 갈 수 있는 홍유릉 뒷길이었다. 능은 낮은 산과 그다지 넓지 않은 밭 사이로 사행蛇行의 고즈넉한 길을 만들었다. 가끔은 능 안으로 들어가서 나무들 사이를 어슬렁거리기도 했다. 내 상상력은 그런 길 위에서 대체로 잘 불러일으켜진다.

많은 소설의 모티프들이 그 길 위에서 태어나거나 자라났다.

어느 날, 왕릉의 담을 따라 걷다가 갑자기 모습을 드러낸 잎 넓은 나무 그늘의 깊은 어둠 속에서 나는 현실의 경계를 문득 이월하여 비현실의 공간으로 이동해 들어가는 경험을 했다. 익숙한 일상의 수상한 안쪽을 문제 삼은 내 소설 「선고」는 그날의 경험이 만들었다. 「갇힌 길」이나 「첫날」을 쓰는 동안 머릿속에 맴돌았던 길도 그 길이다. 능 안에서, 소나무를 끌어안고 있는 그 까무잡잡한 피부의 늘씬한 때죽나무를 보지 않았다면 내 소설 『식물들의 사생활』은 태어나지 않았을 것이다. 몇 그루의 때죽나무가 인물들을 불러내고 이야기를 분만했다.

우리 집에서 자동차로 25분쯤 가야 하는 곳에 모란공원이 있었다. 미술관과 공동묘지가 함께 붙어 있다. 미술관 이름은 모란미술관이고 공동묘지의 이름은 모란공원이다. 미술관에 가면 야외에 전시된 조각을 볼 수 있고 가끔은 예복을 입고 사진을 찍는 예비부부들도 볼 수 있다. 잔디밭에 앉아 있는 어른들이나 뛰노는 아이들도 볼 수 있다. 공원에는 규격화된 명찰을 달고 줄을 지어 늘어선 묘지들이 있다. 그 명찰들에서 발견하는 전태일과 문익환, 고정희라는 이름이 낯설다. 묘지는 크고 무덤들은 많다. 그것들은 가로세로 일정한 규격에 따라 질서정연하게 배치되어 있는데도 이상하게 미로에 들어선 것 같은 느낌을 준다. 나는 번번이 고정희 시인의 묘를 찾지 못한다. 포기하고 내려오는 무심한 내 눈길에 고정희 시인의 이름표가 스칠 때 나는 좀 무안해져서 그 이름을 애써 외면하기도 한다. 「끝없이 두 갈래로 갈라지는 길들이 있는 정원」이라는 보르헤스 소설의 제목을, 그곳에 갈 때마다 거의 항상 떠올렸다. 삶이라는 미로를 증거하기 위해 묘지들이 기하학적으로 잘 조성된 미로의 정원을 보여주는 것처럼 보였다.

무덤들은 죽음이 아니라 삶을 환기한다. 죽음이라도 그것은 삶 속의 죽음이다. 역설적이게도 무덤보다 더 극적으로 삶을 상기시키는 부호는 없는 것 같다. 나는 내 소설에다 그것을 '죽음에 먹히는 삶'

이라고 표현했다.(「목련공원」) 삶은, 본질적으로 죽음에 먹히는, 먹히고 있는 과정 속의 삶이다. 우리는 무덤을 주거의 공간으로부터 멀찌감치 떨어진 곳에 둠으로써 죽음으로부터 달아나려고 한다. 그렇게 함으로써 죽음을 버렸다고, 그리하여 우리의 삶은 죽음으로부터 격리되었으므로 안전하다고 생각한다. 그러나 무슨 안전? 죽음은 안전하지 않고 삶은 안전하다는 건 억지고 비뚤어진 신화다. 내 삶은 한 번도 안전해본 적이 없다. 그렇다. 삶이 죽음에 먹히는 과정 속의 삶이나 다름없다면, 죽음은 우리의 삶으로부터 격리될 수 있는 것이 아니다. 우리가 죽음을 살고 있는 것이라면, 우리의 육체야말로 무덤이다. 무덤은 멀찌감치 떨어진 곳에 분리되어 있는 것이 아니라, 그럴 수 있는 것이 아니라, 우리의 삶 복판에, 우리의 삶과 함께, 떼어낼 수 없는 채로(육체를 어떻게 떼어내겠는가?) 있는 것이다.

모란공원은 나에게 하나의 상징을 선물했다. 삶의 기운이 가장 충일한 한 지점인 결혼식이 미술관에서, 그리고 죽음의 제의인 장례식이 모란공원에서 동시에 열린다는 소설의 설정은 그렇게 해서 생겨났다. 나는 그 공간을 '목련공원'이라고 명명했다.

단편소설 「샘섬」의 모티프

섬이 있었다. 육지에서 떨어져 나간 돌덩이 같은 조그만 바위섬. 밀물 때는 면적이 더 줄어들어서 거의 한 줌밖에 안 되게 보였다. 섬 한가운데 서 있는 한 그루의 소나무가 기묘한 느낌을 주었다. 그 섬이 바라보이는 바닷가에서 유년기를 보냈다. 집과 바다의 경계는 바닷가에서 주운 돌멩이로 쌓은 담이었다. 담은 잘 무너졌다. 가끔씩 파도는 담을 넘어 마당을 훔치고, 툇마루를 넘보았다. 그럴 때 담은 저항하지 않고 스르르 몸을 풀었다. 파도가 잦아든 후에 돌을 주워다 다시 담을 쌓았다. 쌓고 무너지는 일이 반복되었다. 담을 부수고 마당을 훔치고 툇마루를 넘보던 파도는 그 작은 섬에서 몰려왔다. 내 시선은 거기까지밖에 가지 않았다.

나의 유년으로 하여금 현실 너머를 꿈꾸게 한 것은 섬이었다. 섬은 출렁이는 바다 위에 떠 있는 우주, 또는 출렁이는 물 너머 저만치 떨어져 박혀 있는 무의식을 사유하게 했다. 그 섬의 이름이 '가슴앓이'라는 건 놀랍고 이해되지 않은 일이었다. 놀랍고 이해되지 않은 것은 그것이 현실 너머의 세계, 출렁이는 물 너머 저만치 떨어져 박혀 있는 무의식의 우주를 사유하게 했기 때문이었다. 섬은 다른 이름을 가져본 적이 없었다. 그 이름에 붙은 내력을 알고 있는 사람이 없다는 건 더욱 놀랍고 이해되지 않은 일이었다.

　섬은 신화가 되고 싶어 하고 있었다. 나는 그렇게 느꼈다. 이야기를 만드는 사람이 된 후 나는 '가슴앓이 섬'에 전설을 만들었다. 그것은 내가 느꼈던 어렴풋하지만 간절한 섬의 신화에의 욕망을 구현하는 일이었다. 주제넘은 일이긴 하지만 부끄러운 일이라고는 생각하지 않았다. 마을에 재앙을 몰고 온 한 남자의 물불 가리지 않는 열정과 지옥 같은 죄의식과 희생을 위한 제의祭儀를 구성했다. 어느 날,

무슨 이유인지 모르게 누군가에 의해 베어진 섬의 소나무는 샘의 고갈과 황폐화라는 모티프를 태어나게 했다. 나는 생을 마감할 시간에 이른 한 노인을 그 황폐해진 섬으로 가게 하고, 동굴 속으로 들어가 스스로 제물이 되게 했다. 나에게 중요한 것은 섬의 회복이 아니라 그의 희생이었다. 희생을 통한 구원의 탐색이었다. 나는, 내가 만든 전설이, 늘 꾸는 분수에 맞지 않은 꿈이지만, 출렁이는 물 너머 저만치 떨어져 있는 무의식의 우주, 그 원형의 세계에 대한 희미한 그림자로라도 어른거리기를 바란다.

이야기의 미로, 문학의 광야

2000년의 첫 태양을 볼 생각이었다. 처음에는 일출을 보기 위해 바다로 가려고 했다. 그러나 사람들이 동해로 몰려갈 거라는 보도가 내 기를 꺾었다. 잠잘 곳이 없을 거라고 했고 고속도로가 주차장이나 다름없을 거라고 했다. 나는 기가 쉽게 꺾이는 편이다. 주차장이나 다름없는 고속도로 위에 하루 종일 서 있고 싶지 않아서 나는 동해를 포기했다.

그래도 새천년의 첫 태양은 보아야 하지 않느냐는 내면의 목소리를 무시하기는 어려웠다. 그동안의 불만스러운 삶에 대한 반성과 후회가 시간에 어떤 매듭인가를 묶고 싶어 하는 건 그다지 나무랄 일이 아니라고 생각했으므로 나는 새해 첫날 해뜨기 전에 우리 집에서 가까운 아차산에 올라가기로 계획을 세웠다. 마침 아차산에서 일출 행사를 한다는 정보가 있었다. 며칠 전부터 나는 초등학교에 다니는 아들에게 2000년 1월 1일 새벽 일찍 일어나야 한다고 말했고, 며칠 전부터 아들은 2000년 1월 1일 새벽을 기다렸다.

그런데 2000년 1월 1일 새벽에 나는 까닭 없이 아팠다. 온몸의 근육이 갑자기 쑤시고 열이 오르고 머릿속이 들쑤시는 것처럼 고통스러웠다. 나는 통증을 이기지 못하고 잠을 자다 말고 일어나서 어둠 속에서 진통제를 찾아 먹었다. 몸의 통증 때문에 깨어 일어난 것은 그때가 처음이었다. 새벽 3시쯤이었던 것 같다. 그리고 두어 시간가량 잠들지 못하고 고통스러워했던 것 같다.

결국 2000년 1월 1일 아침에 나는 늦잠을 자고 말았다. 나는 바다에서 뜨는 해도 보지 못했고, 산에서 돋는 해도 보지 못했다. 아침에 일어났을 때 내 몸은 간밤의 고통이 믿어지지 않을 정도로 거뜬했다. 나 때문에 덩달아 잠을 설친 식구들이 꾀병이

라도 부린 것으로 생각할 것 같아 여간 무안하지
않았다.

새천년을 맞이하기가 그렇게 어려웠을까? 아무
런 통과 의식 없이 새로운 시간대로 넘어갈 수는
없다는 무의식이 간밤의 까닭 모를 고통을 불러낸
것일까. 고통 없이는 영광도 없다? 그렇다면 그 첫
날 새벽의 고통은 새로운 시간으로부터 소외되지
않으려는 내 나름의 계책이었던가. 새로운 시간의
영주권을 얻으려는, 그러니까 그것은 눈물겨운 안
간힘이었던가. 나는 일출을 보지 않았지만, 새로운
시간대로 들어가기 위한 나름의 의식을 혼자서 치
른 셈이다. 내가 새로운 천년의 시간을 출산하기
위해 그 새벽에 그렇게 괴로워했다고 하면 누가 믿
을까.

그렇지만 누가 모르겠는가. 태양은 바다에서 뜨
는 것도 아니고 산속에서 돋는 것도 아니다. 태양은
각자의 내면에서 떠오른다. 태양은 낡지도 않고 새
롭지도 않다. 오직 사람의 마음이 태양을 낡았다고
하고 새롭다고 할 뿐이다. 태양이 새로워져야 하는

것은 태양을 위해서가 아니라 사람을 위해서다. 새 태양은 사람들의 필요이고 요청이다. 사람들은 너나없이 잘못 산다. 스스로 의롭다고 생각하는 사람이 가장 의롭지 않은 사람인 것처럼 잘 산다고 생각하는 사람이야말로 가장 잘못 사는 사람이다. 하늘 아래 의인이란 없고 하늘 아래 잘못 살지 않는 사람도 없다. 과거는 후회하기 위해 있다. 후회는 사람의 존재 조건이다. 사람들은 잘못 살기 때문에 새 태양을 필요로 한다. 갱신되어야 하는 것은 우주도 아니고 시간도 아니고 그저 사람일 뿐이다.

나는 누구보다 잘못 산다. 나는 누구보다 새 태양이 필요했다. 그러나 어찌 2000년 1월 1일 하루뿐이겠는가. 어찌 1000년에 한 번이겠는가. 매일 새 태양이 떠야 하고, 매시간 새 시간을 낳아야 한다. "이전 것은 지나갔으니 보라, 새 사람이 되었도다!" 하고 외친 사람은 행복하다. 어떻게 이전 것이 지나갈까? 나는 언제나 새로워지지만 그러나 이전 것은 그대로 있다. 새로워지는 순간 낡기 시작한다. 새로움이 주어지는 순간 낡음도 함께 찾아온다. 나는 새로운 사람이지만 동시에 낡은 사람이다. 오호라! 나는 곤고한 사람이로다. 누가 이 사망의 몸에서 나를 건져 낼꼬!

*

1월 초에 짧은 여행을 다녀왔다. 겨울 바다에는 비처럼 눈이 날렸고, 내소사의 전나무 길은 소문 대로 근사했고, 선운사에는 아직 동백꽃이 피지 않았다. 누가 부정하랴. 고창은 선운사, 선운사는 서정주.

> 선운사 고랑으로
> 선운사 동백꽃을 보러 갔더니
> 동백꽃은 아직 일러 피지 않았고
> 막걸릿집 여자의 육자배기 가락에
> 작년것만 오히려 남았습니다.
> 그것도 목이 쉬어 남았습니다.
> ─서정주, 「선운사 동구」, 『미당 시전집 1』, 민음사, 1994

서정주 선생의 시비는 선운사 동구에 여태 있었다. 별 기대를 하지 않고 들렀던 인촌 생가에서는 잘 보존된 한옥의 위용과 맞닥뜨렸다. 옛 부자들의 생활을 엿볼 수 있는 여러 채의 집과 여러 칸의 방. 그러나 나에게 인상적이었던 것은 바깥에서 안으로 들어가면서 자꾸만 만나게 되는, 흡사 미궁을 만들어내는 것과도 같은 여러 개의 문이었다. 어쩐 일인지 나는 그렇게 문이 여럿 있는 집이 생소했다. 아마도 그때까지 그런 집을 보지 못한 것 같기도 했다.

대문을 열고 들어가면 안이다. 그러나 그 안은 다시 하나의 문을 만나는 순간 바깥이 된다. 두 번째 문을 열고 들어가도 같은 현상이 나타난다. 이제 안으로 들어왔다고 생각하지만 그러나 세 번째 문이 기다리고 있다. 세 번째의 새로운 문 앞에 서 있는 사람은 밖에 서 있는 사람이다. 안에 있지만 밖에 있다. 세 번째 문을 열고 들어가도 마찬가지다. 안으로 들어왔지만 네 번째 문 앞에서 그 사람은 여지없이 밖에 있는 사람이 된다. 안에 들어왔지만 아직 바깥에 있는 것이다. 네 번째 문을 열고 들어가도 상황은 같다. 문을 열고 분명히 안으로 들어왔지만 그러나 또 다른 문이 기다리고 있다. 그 또 다른 문을 발견하기까지 그는 자신이 바깥에 있다는 사실을 인식하지 못한다. 안에 있지만 동시에 바깥에 있다는 사실을 인식하지 못한다. 안에 있는 사람이 동시에 바깥에도 있는 사람이라는 사실을 인식하지 못한다.

안과 밖이 따로 없다. 안에 이르고자 하는 이는 밖에 서 있는 것을 두려워해서는 안 된다. 클라인의 병이나 뫼비우스의 띠는 아마도 미노스 왕의 라비린토스, 그 미궁의 현대적 해석일 것이다. 진리가 미궁의 상상력 속에 숨어 있다는 명제는 새로운 발견이 아니다. 곧은길이 아니라 꼬불꼬불한 길, 선명한 답이 아니라 희미하고 어렴풋한 힌트 속에 삶의 진실이 담겨 있다는 통찰이야말로 미궁의 전언이다.

직선은 나누고 이성은 쪼갠다. 그러나 곡선은 뭉치고 상상력은 섞인다. 직선과 이성은 효율적이지만 비인간적이고, 곡선과 상상력은 비효율적이지만 인간적이다. 직선과 곧음, 질서와 나눔, 이성과 분별력으로는 진리의 지성소에 이를 수 없다는 것은 지난 시대에 이미 증명된 바 있다.

근본적으로 인간이 방랑자이며 유목민이라는 데 동의한다. 중심에 닿기 위해 우리는 움직인다. 그런데 우리가 움직이는 길은 미로다. 우리는 중심에 닿거나 닿지 못한다. 아니, 중심에 닿았다고 생각하는 순간 문득 아직 중심으로부터 멀리 떨어져 있다는 사실을 발견하게 된다. 마치 안으로 들어갔지만 여전히 바깥에 있다는 사실을 알게 되는 것처럼. 그러나 어떤 경우든 움직임을 멈추지는 않는다. 그것은 우리가 살고 있기 때문이고, 삶은 끊임없는 미로의 연속이기 때문이다.

미로는 이야기를 만든다. 아니면 이야기가 미로를 만드는 것일까. 이야기의 길은 곧고 똑바른 법이 없다. 왜? 미로니까. 어떤 이야기도 직선은 없다. 안이거나 밖에만 있는 이야기도 없다. 이야기는 꾸불꾸불하고 빙빙 돌고 안으로 밖으로 넘나들며, 그러나 일정한 방향을 가지고 나아간다. 이집트를 나온 이스라엘 사람들은 직선거리로는 일주일이면 갈 수 있는 가나안 땅에 가기 위해 광야에서 40년간이나 헤맸다. 그들이 직선으로 여행하지 않은 이유를 따지는 것은 부질없다. 광야를 꾸불꾸불 빙빙 돌아다니지 않았다면 그들에게 이야기는 없었을 것이다. 이야기가 없으면 진리도 없다. 사연이 없으면 구원도 없다. 이야기는 그들의 꾸불꾸불하고 빙빙 도는 여정에서 나왔다. 진리도 구원도 그들의 그 꾸불꾸불하고 빙빙 도는 여정에서 나온 것이다.

모든 이야기는 광야를 닮는다. 모든 이야기는 광야의 꾸불꾸불하고 빙빙 도는 길을 따라 간다. 그것은 이야기가 진리를 담고 구원을 매개하기 때문이다.

내 문학이 가난한 이유를 나는 2000년 벽두에 여러 개의 문을 가진 고창의 기와집에서 깨달았다. 들어가도 들어가도 아직 밖이다. 그러나 밖에 있어도 벌써 안이다. 이런 미로의 상상력을 통해서만 문학이 거듭날 것이라는 예감. 문학은 이집트나 가나안

이 아니라 광야에 있어야 한다!

책의 죽음을 생각한다

현대인은 다양한 매체를 통해 제공되는 헤아릴 수 없이 많은 정보들 속에서 산다. 매체들은 끊임없이 증식하고 정보들은 넘쳐난다. 넘치는 정보들은 다시 다양한 매체를 만들고, 다양한 매체들은 정보 양산으로 이어진다. 이러한 다매체적 환경이 요즈음 운위되는 책과 문학의 위기론의 배경을 이룬다.

책은 정보와 지식을 실어 나르는 가장 오래되고 낡은 매체다. 이 오래되고 낡은 매체에 전적으로 의존하는 것이 문학의 속성이다. 책 또는 문자를 매개로 작가와 독자가 만난다. 문학이 평면적인 장르일 수밖에 없는 것은 문학이 평면적인 전달 수단인 문자와 책에 의존해서 존재하기 때문이다. 그런 점에서 문학은 책과 운명을 같이한다.

날렵하고 입체적인 매체들이 책과 문학을 위협하고 있다는 지적은 낭설이 아니다. 예컨대 텔레비전과 영화와 인터넷. 풍부한 이미지와 빠른 속도, 그리고 소통의 쌍방향성은 새로운 매체들이 자랑스럽게 내세우는 매력이다. 느리고 납작하고 오래된 매체인 책이 흉내도 내볼 수 없는 것이 아닌가. 정보 전달의 속도와 효율성을 따지면 문자와 책은 도무지 게임이 되지 않는다.

전에 비해 책을 읽지 않는다는 탄식의 배경에는 매체의 이동이라는 이러한 시대적 환경이 자리하고 있다. 책을 읽는 대신에, 그 시간에 더 매력적인 다른 매체에서 어떤 정보를 더 효율적으로 공급받고 있는 것이다.

그렇다면 문제가 무엇일까? 소극적이고 평면적인 매체인 문자의 약점을 보완했다는 점에서 오히려 환영해야 할 일이 아닐까? 어떤 점에서는 그러하다. 예컨대 속도와 효율성이라는 측면에서. 그러나 문자와 책의 약점을 보완한(보완했다고 하는) 감각적이고 입체적인 매체들은 더 중요한 부분에서 문자와 책을 이기지 못한다.

책을 읽는 것은 텔레비전을 보는 것과 같지 않다. 텔레비전을 본다는 것은 영상을 통해 이미지를 접하는 것이고, 이미지의 형식으로 정보를 전달받는 것이다. 이미지는 받아들여지고 흡수된다. 물속에 스펀지를 밀어 넣으면 물이 스펀지 속으로 스미는 이치다. 스펀지가 물을 빨아들이는 것이 아니라 스펀지 속으로 물이 스미는 것이다. 물속에 들어가 있는 스펀지는 제 몸속으로 스미는 물을 받아들이지 않을 길이 없다. 텔레비전 앞에 앉아 있는 자의 의식은 물속의 스펀지와 같다. 물속의 스펀지처럼 그의 의식은 수동태다.

텔레비전 앞에 앉아 있는 사람의 뇌파를 검사했더니 수면 상태에 있는 사람의 뇌파와 유사하더라는 이야기를 들은 적이 있다. 풍문이 아닐 것이다. 텔레비전이라는 매체 앞에 있는 사람의 뇌는 활동하지 않는 것과 유사하다는 뜻이겠다.

새로운 매체의 수요자들은 감각과 느낌으로 세상

의 이치와 삶의 가치를 판단하려는 경향을 보인다. 옳고 그른 것이 문제가 되지 않고 좋아하거나 싫어하는 것이 문제가 된다. 당위나 의미 대신 욕망과 느낌에 따라 행동한다. 가치가 기호의 영역으로 도피하고 있다. 질문되는 것은 의미가 아니라 감각이다. 감각적인 것은 좋고 감각적이지 않은 것은 나쁘다. 예술 작품도 그렇고 사람도 그렇다. 그 결과 재치와 순발력이 사람을 판단하는 중요한 기준이 되어간다. 한없이 가벼워질 것, 할 수 있는 한 감각적일 것, 쉼 없이 변화할 것, 그것이 이 시대의 계명이다. 심각하고 무거운 사람은 왕따 당하기 십상이다.

소리는 들리고 그림은 보이지만, 책은 읽히지 않는다. 책은 '읽히는' 것이 아니라 '읽는' 것이다. 책은 사람의 의식이 능동태일 것을 요구한다. 책을 읽는 것은 문자가 스며드는 과정이 아니다. 문자는 물이 아니고, 그러므로 스며들 수 없다. 책을 읽을 때 우리의 뇌는 가장 활발하게 활동한다. 읽는 것은 사고가 동반되는 적극적인 '행위'다.

책이라는 매체가 느리고 평면적인 것은 사실이다. 그러나 우리에게 참으로 중요하고 가치 있는 정보들은 바로 그 느리고 평면적이고 낡고 오래된 문자와 책을 통해서만 습득될 수 있다는 것 또한 사실이다. 인터넷을 통해 얻어내는 정보들을 생각해보라. 그것들 가운데는 아나 마나 한 것도 있고 알 필요가 없는 것들도 있다. 다는 아니지만, 그것들 중에 태반이 단지 쓰레기에 지나지 않는다면 속도와 효율성을 내세우는 것이 무슨 자랑거리란 말인가.

날렵하고 매력적인 매체들의 증식을 반기고 즐기는 것이야 허물할 일이 아니지만, 그것의 겉모양에 빠져서 문자와 책의 가치를 망각한다면 한탄할 일이 아닐 수 없다. 도서관에 읽을 만한 책이 없고 책을 읽는 사람은 더욱 없는 터에 선진국 수준을 능가하는 인터넷 보급률 따위를 자랑할 일이 아니라는 뜻이다.

책이 죽는다고? 책을 외면할 때 죽는 것은 인간이다.

나무들의 내면에는 무엇이 있나

다리를 잃은 불구의 아들을 등에 업고 한 달에 한 번씩 사창가를 찾는 한 어머니 이야기를 들은 것은 10년쯤 전이다. 그 이야기는 나에게 좀 충격이었고, 욕망의 슬픔과 삶의 엄숙함에 대해 어떤 생각인가를 하게 했다. 존재의 안에 있는 것과 존재의 바깥을 이루는 것들에 대한 내 사유가 조금 깊어질 수 있었던 계기였다.

몇 년 후에 그 이야기를 가지고 원고지 50매쯤 되는 단편소설 한 편을 쓰긴 했지만, 그 이야기를 듣는 순간 느꼈던 욕망의 슬픔과 삶의 엄숙함을 거의 드러내지 못한 그 작품은 내 맘에 차지 않았다.

그리고 세월이 흘렀다. 내가 살던 동네에 있는 왕릉(조선 시대 마지막 왕인 고종과 순종의 능인 홍유릉은 남양주시 금곡에 있다. 나는 그곳에서 오래 살았다. 우리 집에서 홍유릉까지는 걸어서 3분 거리였다)에서 한데 엉켜 있는 소나무와 때죽나무를 볼 때까지 그 이야기는 내 안에 웅크리고 있었다. 내가 본 소나무와 때죽나무에 대해서는 내 소설 『식물들의 사생활』에 비교적 사실적으로 묘사되어 있다.

매끈하고 날씬하고 까무잡잡한 여자의 벗은 몸을 연상시키는 때죽나무가 울퉁불퉁한 소나무의 줄기 속으로 파고들 듯 끌어안고 있는 장면이 나를 숨막히게 했다. 두 나무는 뿌리 부분에서도 서로 몸을 섞고 있었다. 주변의 움직임에 동요하지 않고 언제나 정물처럼 고요히 서 있을 것만 같은 나무의 내면에 도대체 무엇이 숨어 있는 것일까? 나는, 나무의 내면에 그 무엇보다 강렬하고 뜨거운 욕망이 숨겨져 있다는 걸 느꼈다. 그 무엇보다 강렬하고 뜨거운 욕망 때문에 오히려 나무가 되어 있는, 나무가 될 수밖에 없는 어떤 존재를 떠올렸다. 그러고 무슨 작용이었는지, 내 속에 오랫동안 웅크리고 있던 하나의 그림, 바로 그 슬픈 그림이 그 순간 밖으로 뛰

쳐나왔다. 다리를 잃은 아들을 등에 업고 사창가에
나타난 어머니.

내 소설『식물들의 사생활』은 그렇게 해서 태어났
다. 이룰 수 없는 사랑을 이루기 위해 어쩔 수 없이
나무가 되는 신화 속의 나무들처럼 내 소설 속의
인물들도 이룰 수 없는 사랑을 이루기 위해 나무처
럼 되려 하고, 나무가 되려 한다. 그들이 나무가 되
는 것은 선택이 아니라 운명인지도 모른다. 나는 그
들을 위해 하나의 공간을 만들어주고자 했다. 내
소설『식물들의 사생활』은 그들, 나무들이 서 있는
정원이다.

소설, 무지로부터 위탁받은 열정

두 번째 사랑이 첫 번째 사랑보다 쉬운 것은 아니다. 세 번째 사랑이 두 번째 사랑보다 안전한 것도아니다. 사랑은 언제나 어렵고 늘 불안한 것. 사랑은 여간해서는 숙달되지 않는다. 그것은 사랑이 뜀틀 넘기나 철봉 매달리기가 아니기 때문이다. 뜀틀은 거기 늘 같은 모양으로 있고 철봉도 그 자리에 있다. 두 번째 넘기를 하는 뜀틀은 첫 번째 넘기를했던 그 뜀틀이다. 세 번째 매달리는 철봉은 두 번째 매달렸던 그 철봉이다. 뜀틀이나 철봉에 대한 두 번째 세 번째 도전은 이를테면 반복이다. 반복은 숙달에 이르는 과정이다. 두 번째 넘을 때가 첫 번째보다 조금 쉽다. 세 번째 매달릴 때가 두 번째보다약간은 안전하다. 그러나 사랑은 반복이 아니다. 사랑의 대상인 그 또는 그녀는, 늘 같은 모양으로 그 자리에 있지 않다. 두 번째 사랑의 대상인 그 또는 그녀는 첫 번째 사랑의 대상이었던 그 또는 그녀가 아니고, 세 번째 사랑의 대상인 그 또는 그녀는 두 번째 사랑의 대상이었던 그 또는 그녀가 아니다. 그 또는 그녀가 전혀 새로운 그 또는 그녀이므로 반복이 아니고, 반복이 아니므로 숙달도 되지 않는다. 사랑하는 사람은 매번 처음 하는 것처럼 사랑할 수밖에 없다.

마찬가지로 두 번째 소설이 첫 번째 소설보다 쓰기가 쉬운 것도 아니다. 세 번째 소설이 두 번째 소설보다 반드시 마음에 드는 것도 아니다. 소설 역시 사랑이 그런 것처럼 익숙해지지 않는다. 사랑이 그런 것처럼 소설의 대상도 늘 새롭고, 그러므로 반복이 아니고, 반복이 아니므로 익숙해지지도 않는다. 매번 처음 쓰는 것처럼 소설을 쓸 수밖에 없다.

그 또는 그녀에 대해 빠삭하게 아는 사람이 사랑을 할 리 없고, 세상에 대해 혹은 사람의 삶에 대해 부동의 대답을 갖고 있는 사람이 소설을 쓸 리가 없다. 사랑도 그렇지만 소설 쓰기는 근원적으로 미지의 세계에 대한 열망이고 무지로부터 위탁받은 열정이다.

밀란 쿤데라는 소설 『향수』에서 향수鄉愁에 대해 말한다. 그에 의하면 향수란 어원적으로 무지의 상태에서 비롯된 고통이다. 귀환해야 할 대상에 대해 알지 못하는 데서 오는 괴로움. 예컨대 내 나라는 멀리 떨어져 있고 나는 거기서 무슨 일이 일어나는지 알지 못하기 때문에 고통스럽다는 것, 그것이 향수라는 것. 소설이란 그런 점에서 향수이고, 소설가들은 향수병에 걸린 자들이다. 귀환해야 할, 그러나 알지 못하는 세계에 대한 채워지지 않는 욕구가 소설을 쓰게 한다. 귀환해야 할 세계가 없거나(있다고 생각하지 않거나) 귀환해야 할 세계에 대해 모르는 게 없는(모르는 게 없다고 생각하는) 사람에게는 고통도 없고 향수도 없다. 그러므로 그런 사람은 당연히 소설을 쓰지 않는다. 의식하는 자만이 아프다. 향수가 없으면 소설도 없다.

그런 점에서 소설 쓰기는 도무지 형체가 잡히지

않는 세상살이에 대한 서툰 허우적거림이거나 가설假設 같은 것인지 모른다. 답을 알고 있는 사람(익숙해진 사람)이 소설을 쓸 까닭이 없는 이치다. 튼튼한 집을 이미 지어 가진 사람이 가설의 필요를 느낄 까닭이 어디 있겠는가? 소설은 매번 새로 하는 질문이고 도달한다는 보장이 없는 낯선 길에 대한 추구다. 해답을 발견하는 순간, 문득 길이 낯익어지고 마침내 도달했다고 생각하는 순간, 그 지점에서 소설은 끝난다. 더 이상 미지가 아니므로 길을 갈 필요가 없고, 무지가 아니므로 열정은 사라진다.

미지가 아닌데도 가고 향수가 없는데도 쓸 수는 있다. 잠자리에서 일어나면 냉장고 문을 열고 눈도 뜨지 못한 채 주스병을 집어 들고 마시는 사람이 있다. 술 취한 김유신을 태운 애마는 생각 없이 천관녀의 집으로 갔다. 습관의 힘이다. 의식의 도움 없이 근육이 저절로 움직이는 상태. 늘 가던 길, 익숙한 길을 의식하지 않고 그냥 가게 하는 힘. 그렇게 글을 쓸 수는 있다. 길들여진 근육으로 하여금 글을 쓰게 할 수는 있다. 근육은 튼튼하고 습관은 질기다.

길들여진 근육, 질긴 습관의 자연스러움으로 써 내려간 소설, 그런 소설이 문학을 시궁창에 집어넣는다. 문학이 빠져 허우적거리는 시궁창은 실은 문학의 웅덩이지 다른 것이 아니다. 시대도 아니고 자본이나 권력도 아니고 정보나 극장도 아니고 독자도 물론 아니다. 숙달된 사랑에 의해 사랑은 익사하고, 익숙하게 써지는 소설로 하여 소설은 절명한다.

습관의 힘을 경계할 것! 소설을 쓰기 시작한 지 벌써 스물여덟 해, 그런데도 여전히 서툴기만 한 내 소설의 가난한 육체 앞에, 그런데도, 혹은 그렇기 때문에 종종 받게 되는 그 습관의 힘에 이끌린 자동적인 글쓰기의 유혹 앞에, 마치 신년 벽두에 마음잡아 먹고 '금연'이라는 글씨를 크게 써 붙이는 심정으로 이 글을 쓴다.

역사 속으로, 혹은 역사 위로

파리 인상기

파리는 낯설지 않다. 어쩌면 파리는, 그리고 프랑스라는 나라는 지나치게 익숙한지 모른다. 지드와 사르트르와 생텍쥐페리와 모파상과 보들레르와 플로베르와 모리아크의 나라. 그들의 이름이 익숙한 것처럼 그들의 작품 속의 파리와 프랑스가 익숙하다. 그런 정조는 현대의 프랑스 영화들 그리고 인상파 화가들이 그린 풍광들에 의해 고조된다. 그러나 이때의 익숙함이란 물론 가현假現이고 비현실이다. 예컨대 파리나 프랑스는, 칼라하리사막이나 뭄바이가 낯설지 않은 것처럼, 그런 수준과 의미로 낯설지 않은 것이다.

더 이상 낯선 곳이 없다는 것은 그러니까 더 이상 신비가 없다는 말의 다른 표현이다. 문화는, 야만과 원시와 오지를 빛 가운데로 끌고 나온다. 까발리고 폭로하는, 이 세상에는 성역이란 없고 보편으로 수렴되지 않은 특수는 없고 그게 그거지 별거 없다는 식의 시니컬한 세계화의 풍문, 그것이 현대이고 문명이다.

하지만 대체로 가상은 실체 앞에서 맥을 못 춘다. 그림자는 실체를 표현하지만 실체에 이르지 못하며 더 자주 실체를 왜곡하기도 한다. 문학이 현실에 대해 그런 것처럼.

나는 파리에 대해 아무것도 기대하지 않았다. 우리의 한강에 비해 볼품없이 폭이 좁다는 센강에 대해서도 익히 알고 있었고, 에펠탑이니 개선문이니 하는 것에 대해서도 어느 정도는 빠삭했다. 루브르 박물관이나 몽마르트는 또 얼마나 친숙한가. 남산 타워나 63전망대에 올라가보지 않았지만 나는 서울을 모른다고 말하지 않는다. 몽마르트 언덕에 올라가보지 않고 루브르에 들어가보지 않았다는 것이 뭐 어쨌다는 말인가.

그렇지만 그림자가 어떻게 실체를 대신할까. 풍문

은 육체가 없고 동경銅鏡으로 보는 것은 희미하다. 실제로 본 파리는 낯설었다.

파리 시내에 들어서는 순간, 지은 지가 적어도 수백 년은 되었을 건축물들이 나를 압도했다. 거의 모든 집들이 왕조시대의 양식에 따라 지어졌다. 재료는 돌. 군데군데 하늘을 떠받들듯 우뚝우뚝 서 있는 성당들의 뾰족한 첨탑들도 돌을 다듬어서 만든 것이다. 석회석이라 다듬기가 용이하다고 해도 아무려면 시멘트나 나무에 비할까. 석기시대가 아직 연장되고 있었다. 20세기에 지어진 건물은 거의 눈에 띄지 않았다. 오래된 건물들 사이로 뚫린 (아마도 처음에는 마차가 다녔을) 좁은 길을 따라 덩치가 작은 차들이 달린다. 그런 길들은 대부분 일방통행도로다.

유적을 만나기 위해 어딘가 특별한 장소로, 어딘가 특별한 마음가짐을 하고 특별한 시간표를 작성해서 가야 하는, 반만년 찬란한 역사를 자랑하는 배달민족의 후손인 나는, 유적들 속에서 자고 유적들 사이를 걸어 다니고 유적들과 함께 먹고 마시는 파리인들의 삶이 경이롭게 여겨졌다. 한때 궁전이었던 루브르는 지금 박물관이다. 그러나 루브르 자체가 이미 유적이고 유물이다. 루브르만이 아니다. 파리 시내 자체가 거대한 하나의 박물관이면서 유적이고 유물이다. 그것은 또 바로 역사이기도 하다. 파리 시내를 걷는다는 것은 유적들 사이로 걸어가는 것과 같고 역사 속으로 걸어가는 것과 같다.

　실제로 파리 사람들은 잘 걸어 다닌다. 비교적 경사가 없고, 공기 역시 대체로 쾌적하고, 웬만한 거리는 걸어서 갈 수 있을 정도로 도시가 넓지 않기 때문이라고 한다. 그들의 걸음걸이는 매우 인상적이었다. 그들은 허리를 곧추세우고 빠른 걸음으로 앞만 보고 걷는다. 느릿느릿 걷는 사람은 십중팔구 관광객이다. 커피 한 잔을 앞에 놓고 카페에 앉아 몇 시간씩 수다를 떨어대고 점심시간으로 두세 시간씩 허비하는 사람들이 그렇게 부지런히 걷다니. 역사 속에서, 역사와 함께, 역사를 잇기 위해, 역사 위를 걷고 있는 사람들의 걸음걸이라고 나는 자의적으로 해석한다. 아니면 역사가 그들 속에서, 그들과 함께,

그들 위를 걷고 있다고 해도 마찬가지다. 역사는 이어진다, 그들의 삶과 사유 속에서.

우리가 서울의 거리를 걸으면서 역사 속을 걷는 것 같은 느낌을 가질 수 있을까? 반복적인 단절과 부정의 되풀이를 통해 역사를 누더기처럼 만들어 온 우리 곁에는 유적이 없다. 몇 백 년이 아니라 100년 된 건물도 귀한 나라가 반만년 역사를 자랑하는 대한민국이다. 지독한 역설이다. 역사의 연속성에 대한 상상력이나 믿음을 어떻게 기대할 수 있겠는가.

고백해야겠다. 남산타워도 석굴암도 아직 가보지 않은 나는, 그러고도 아무런 거리낌이 없이 잘 살아 왔던 나는 파리에서 문득 거리낌을 받았다. 나는 에펠탑에 가지 않았고, 루브르에도 들어가지 않았고, 노트르담 성당에도 들어가지 않았다. 파리에 머무는 열흘 동안 두 다리와 전철과 승용차를 이용하여 수없이 왔다 갔다 했지만, 남산타워와 석굴암도 가지 않고 무슨 에펠탑이며 루브르란 말인가, 하는 내면의 눈흘김을 무시하지 못했다. 나는 조금 열등감을 느꼈고, 그들처럼 당당하게 어깨를 펴고 걷지 못하는 내 자신에 대해 화가 났다.

*

2000년 4월 25일부터 열흘간 프랑스에 있었다. 대산재단과 프랑스 외무부가 주관하는 한불 작가 교류 프로그램에 올해 내가 초청된 것은 마침 프랑스에서 내 소설『생의 이면』의 번역판이 나왔기 때문이다. 공역자 가운데 한 사람인 고광단 교수(홍익대)가 일행이었다.

일주일 동안 이런저런 공식적인 행사가 있었다. 프랑스 문인협회 회원들과의 오찬을 겸한 대담에서 곧 한국에서도 자신의 소설이 번역될 예정이라는 협회 부회장 샤토레이노 씨와 공쿠르상 수상자인 알랭 아브시르 그리고 프레데리크 트리스탕 같은 작가들을 만났다. 그들은 우호적이었고, 무엇보다도 출판되어 나온 지 겨우 열흘밖에 되지 않은 내 책을 벌써 꼼꼼히 읽고 와서 나름대로의 의견을 제시

함으로써 나를 약간 감동시켰다. 작품의 형식과 내용에 대한 그들의 질문은 색다르고 진지했다. 그 이후 몇 차례에 걸친 기자들과의 인터뷰와 대학 강의실에서의 대화를 통해 다시 확인한 것이지만, 그네들은 주어진 텍스트로부터 유출되어 나오는 다양하고 깊이 있는 대화를 즐기는 것 같았다. 그것이 카페 문화라는 독특한 스타일의 삶의 양식을 만들어낸 동인이라는 생각이 자연스럽게 들었다. 사르트르와 보부아르는 예외적인 두 사람이 아니었다.

가장 기억에 남는 것은 작가의 집(일종의 문인들을 위한 행사장으로 보였다)에서 열린 작품 낭독회였다. 시 낭송은 몰라도 소설 작품을 낭독하다니. 처음 보는 장면이었다. 마티외 마리Mathieu Marie라는 이름을 가진 매우 잘생긴 남자 배우가 작품 낭독을 위해 그 자리에 왔다. 나는 그의 손에 들린 가제본된 『생의 이면』을 보았다. 책이 나오기 전에 출판사 측으로부터 받았을 그 원고의 곳곳에 밑줄이 쳐져 있고 이런저런 표시가 되어 있었다. 스스로 낭독할 본문을 정하고 연습을 해 온 그 배우의 깊고 절제된 목소리를 통해 내 작품이 낭독되는 순간, 불어를 전혀 이해하지 못함에도 불구하고 나는 가슴속부터 차오르는 잔잔한 감동의 물살을 느꼈다. 청중들은 눈을 감거나 낭독자의 얼굴을 바라보며 귀를 기울였다. 나는 그들이 낭독자의 목소리를 통해 또 하나의 엄연한 현실인 『생의 이면』 속으로 깊이 빠져들어가고 있다는 사실을 확신할 수 있었다. 그것은 색다른 경험이었다.

출판기념회나 작가와의 대화 같은 모임에서 한번 시도해봄 직하다는 생각을 했다. 그럼으로써 아직 그 작품을 접하지 못한 독자들에게 작품에 대한 이해를 돕기도 하고, 항용 작가와 독자가 만나 빠져들기 마련인 상투와 추상의 늪으로부터도 보호될 수 있지 않을까.

*

나를 전혀 모르는 사람은 내가 술과 담배를 아주 잘할 거라고 생각한다. 왜냐하면 대개의 독자들은 글을 쓰는 사람은 골초고 술꾼이라는 고정관념을 가지고 있기 때문이다. 작품을 쓰는 동안 생기는 스트레스와 긴장을 술과 담배로라도 풀어야 하지 않겠느냐는 그 소박한 생각은 뜻밖에 많은 작가들로부터 지지를 받는다. 그런 내용의 고백을 한 작가들을 나는 여럿 알고 있다.

나를 조금 아는 사람은 내가 술도 담배도 전혀 하지 않을 것 같다고 말한다. 출신(신학대학을 다녔다는)이나 작품의 경향이 일종의 선입견을 제공한 때문이기도 하고, 스스로 술자리를 만들지 않을 뿐 아니라 만들어진 술자리에도 별로 모습을 드러내지 않는 내 비사교적인 성격에 근거한 것이기도 하다.

담배는 피우지 않지만 맥주 정도는 예의 차릴 수준으로 마신다는 사실을 알고 있는 사람은, 적어도 음주와 흡연 문제에 관한 한, 나에 대해 가장 많이 알고 있는 사람이다. 그러나 내가 취한 모습을 본 사람은 거의 없다. 그것은 내가 취한 모습을 보여주지 않았기 때문이다. 술이 특별히 세서 그런 것은 아니고 일종의 자의식의 작용 때문이다. 술을 좋아하는 사람들은 틀림없이 술맛 떨어지는 사람이라고 욕하겠지만(왜냐하면 그들은 술은 취하기 위해 마시는 거라는 제법 투철한 믿음 같은 걸 가지고 있으니까), 나는 내가 취하는 나를 감당할 자신이 아직 없다. 나는 내 정상의 의식이 빠진 상태에서 비상 전원 상태로 겨우 작동하는 사태를 두려워한다. 술의 술수에 걸려들어 이해할 수 없는 말을 하고 이상한 행동을 하게 되지 않을까 저어하는 것이다. 술을 마시다가도 조금 취기가 오르는 것 같으면 갑자기 정신이 긴장을 한다. 나는 취하지 않으려고 바짝 정신을 차리고 술잔 비우는 속도를 조절한다.

그런데 내 생애 처음으로 정상적인 의식이 빠진 상태에서 비상 전원 상태로 겨우 작동하는 그 만취와 이른바 필름이 끊기는 경지를 파리에서 경험했다. 그 자리에 함께 있었던 어떤 신문사의 파리 특파원은 "『생의 이면』 작가의 문단 이면사"라고 표현했다. 여기서 그 사건의 전말을 다 기록할 생각은 없다. 문단 이면사를 쓰려는 것은 아니니까. 그렇다고 프랑스에까지 가서 무슨 큰 실수를 하고 온 거라고 지레짐작하지는 말기 바란다. 몸이 몹시 부대꼈고, 예정된 일정을 소화하는 데 얼마간의 어려움이 있었지만 다른 일은 없었다.

어떻게 그런 지경이 되었는지, 무엇이 내 튼튼한 자의식을 무너뜨렸는지 그것에 대해서는 한마디 해야겠다. 내 책의 훌륭한 번역자이고 파리에서의 고마운 가이드이기도 했던 고광단 교수는 아마도 그날 중요한 행사(작가의 집에서의 강연을 말한다)를 무사히 마쳐서 긴장이 풀렸던 모양이라고 해석했다. 빡빡한 일정에 따른 몸의 피곤과 아직 적응 못한 시차가 보조 요인으로 등장했다. 프랑스산 포도주의 위력을 덧붙이기도 했다. 현장의 유일한 목격자였던 그 특파원(그는 나보다 나중에, 그러나 더 심하게 의식을 놓아버렸다)의 술회는 다르다. 그는 "보르헤스 때문이야" 하고 말했다. 보르헤스! 아! 보르헤스!

기억한다. 마지막 술자리는 내가 묵고 있는, 오래된 건물의 내부를 개조한, 조그만 호텔의 바였다. 바텐더는 호텔의 야간 숙직 담당 아르바이트생이었다. 바텐더에게 포도주를 시킬 때까지 내 의식은 명료했다. 그러나 다음 순간, 특파원 친구가 바텐더에게 나를 소개하면서 불어판 『생의 이면』을 건넸다. 그 친구는 후루룩 책장을 넘겨 보더니 어느 대목에선가 "오, 보르게스!" 하고 감탄사를 외쳤다. 내 책의 어딘가에 인용되어 있는 보르헤스를 우연히 발견한 모양이었다. 그 친구는 몹시 반가워하며 그때까지 자기가 읽고 있던 책을 보여주었다. 그 책이 보르헤스였다. 그자는 보르헤스를 읽고 있었다.

그리고 말문이 터졌다. 그 프랑스 친구와 특파원 친구는 불어로, 나와 프랑스 친구는 서툰 영어로, 그리고 특파원 친구와 나는 유창한 한국말로, 3개 국어가 동원된 이상한 토론장이었다. 신랄했다고 한다. 흥분이 되어 있었지만 유쾌했었다고도 한다. 그러나 나는 기억나는 것이 거의 없다. 희미하게 떠오르는 토막들은 너무 짧고 불분명하다.

강렬했던 것은 사실이지만, 보르헤스를 읽고 있는 바텐더에게서 내가 받은 인상이 어땠는지는 설명하기가 쉽지 않다. 다만 그날 저녁 작가의 집 객석의 빈자리를 바라보면서 내가 곱씹고 되새겼던

상념(한국 작가가 그 땅에서 갖는 위상에 대한)이 알코올에 녹아 어떤 작용을 일으키지 않았을까 추측해 볼 뿐이다. 이런 이야기를 한국말로 나누었던 기억이 난다. "인도네시아나 베트남에도 이청준 같은 작가가 있겠지. 물론 이승우 같은 작가도 있을 테고. 그런데 그런 작가들에게 관심 있어?" 그것은 내가 묵고 있던 호텔 근처의 길거리에서 로댕이 조각한 발자크상을 보았을 때 느꼈던 기분과도 흡사하다. 그렇다면 나의 만취와 의식불명은 일종의 알리바이였을까. 그들이 등기한 보편의 건널 수 없는 깊음. 파리에서 나는 좀 우울했다.

민통선과 재두루미와 「재두루미」

    소설이 만들어지는 여러 과정 중에 가장 중요한 것은 발상의 순간이다. 인물을 만들고 사건들을 배치하고 주제를 부여하는 일련의 작업은 시간이 많이 들고 고되지만 그 수고는 그럴듯한 발상이 떠오르지 않거나 시원찮은 발상에 의지하여 소설을 써나가야 할 때의 노심초사에 비하면 아무것도 아니다.

    이걸 가지고 소설을 쓰면 되겠다는 생각이 떠오를 때, 소설가는 소설을 완성한 순간 못지않게 감격하고 흥분한다. 나는 마음에 드는 소설을 읽을 때 이 작품은 어떤 모티프에서 태어났을까를 궁금해하곤 한다. 더러는 검산하듯, 윤곽이 희미하고 형체가 불분명하지만 완성될 작품에 대한 기대와 희망으로 작가의 가슴을 뛰게 했을 그 최초의 '씨앗'을 추측해보기도 한다.

씨앗이란 신기한 것이어서, 다 자랐을 때의 식물의 형태가 눈에 보이지 않은 채로 그 안에 들어 있다. 예컨대 복숭아씨는 복숭아나무를 품고 있고 겨자씨는 겨자나무를 품고 있는 것이다. 실한 복숭아씨는 실한 복숭아나무를 품고 있고 부실한 복숭아씨는 부실한 복숭아나무를 품고 있다고도 할 수 있다. 실한 씨앗이 다른 요인에 의해 부실한 나무로 자랄 수는 있지만 부실한 씨앗이 실한 나무로 자라기는 거의 불가능하다는 것이 우리가 알고 있는 상식이다. 발상의 중요함을 역설하는 데에도 이 비유는 썩 유용하다.

모든 소설에는 각각의 발상이 있기 마련이라는 말을 하기 위해 이야기가 좀 길어졌다. 실은 내 졸작 「재두루미」가 어떻게 태어났는지를 말하려다가 그렇게 되었다.

어느 해 설 연휴에 사진 찍는 걸 좋아해서 여러 권의 사진 산문집을 펴낸 바 있는 소설가 임동헌

형과 강원도 철원의 민통선 안으로 재두루미를 보러 간 적이 있다. 그는 재두루미를 촬영하기 위해 카메라를 준비했다. 민간인인 우리는 민간인 통제구역인 그곳에 들어갈 수 없었다. 그런데 설을 맞이해서 성묘하러 오는 성묘객들에게는 제한적으로 통행을 허용한다고 했다. 조금 미안하지만, 그곳에 조상의 산소가 없는 우리는 성묘객을 가장해야 했다. 다행히 초소를 지키던 군인들은 우리의 신분을 확인하고 통행을 허락해주었다.

늘씬한 다리와 우아한 곡선, 기품 있는 자태의 재두루미들이 넓은 들판 여기저기 모여 있었다. 그러나 어찌나 조심성이 있는지 가까이 접근해서 촬영하기가 여간 어렵지 않았다. 천천히 자동차를 몰고 다가가면 어느새 눈치를 채고 하늘로 날아가곤 했다. 그래서 그네들이 안심하고 날아올 때까지 한 군데 진을 치고 몇 시간씩 기다려야 했다. 사진을 몇 장 찍지는 못했지만 그날의 재두루미들의 의젓한 걸음과 우아한 날갯짓은 내 인상에 강하게 남았다. 그러나 물론 그것이 나로 하여금 「재두루미」를 쓰게 했던 것은 아니다.

아마 재두루미 보고 온 그날 이야기를 어디선지 모르지만 몇 번 했던 것 같다. 그리고 그 이야기를 흥미 있게 들었던 한 소설가가 다음 해 겨울에 재두루미를 보러 갈 마음을 먹었다. 이것은 그해 설날 재두루미를 보기 위해 민통선 안에 갔다 온 그 소설가가 술자리에서 해준 이야기다.

그는 차례를 지낸 다음 아내와 두 아들을 데리고 철원으로 차를 몰았다. 민통선 안에 날아오는 겨울 철새인 재두루미를 보기 위해서는 설 명절에 성묘객을 가장할 수밖에 없다는 걸 그는 지난해 설 연휴에 먼저 갔다 온 두 명의 소설가에게 들어서 알고 있었다.

그런데 그 무렵 남북한 간에 부분적으로 미묘한 긴장이 감돌고 있었다는 것이 문제였다. 민통선을 지키던 군인들은 그에게 용건을 물었고, 소설가는 들은 대로 성묘하러 가는 길이라고 말했다. 차 안에 타고 있던 구성원들—남편과 아내, 두 명의 아들은 성묘객처럼 보이기에 맞춤했다. 군인은 신분을 확인하고 통행을 허용했다. 그러나 그냥은 아니었다. 경계령이 내려져서 그런다며 군인 한 명이 직접 차에 타고 호위를 하겠다고 했다. 당연히 원치 않는 친절이었다. 그러나 군인이 탑승하지 않으면 들어갈 수 없다는 규정은 군인도 소설가도 바꿀 수 있는 것이 아니었다. 성묘를 하러 왔다고 해놓고 그냥 돌아갈 수도 없는 노릇이었다.

소설가는 하는 수 없이 군인을 차에 태웠고, 차는 민통선 안으로 들어갔다. 그는 그곳이 초행이었고 어디가 어딘지 길을 알지 못했다. 경상도 어디에 있는 조상의 산소가 그의 처지를 이해하고 그곳으로 옮겨 와 있을 리 만무했다. 그렇지만 성묘를 하러 왔다고 했으니 산소를 찾아가긴 해야 했다.

그래서 어떻게 했느냐고 묻는 우리들에게 그는 허탈하게 웃으며 대답했다. 아무 데나 가서 누구인지도 모르는 묘에 네 식구가 엎드려 절하고 왔지, 뭐. 재두루미는 구경도 못했네.

그들 가족이 생판 모르는 누군가의 묘에 절하는 모습을 상상하는데 웃음이 쏟아져 나왔다. 그리고 그 순간, 어떤 모양이 될지 모르지만, 소설이 되겠구나 싶은 예감이 퍼뜩 찾아왔다. 물론 그 소설가의 경험 그대로 소설이 되지는 않았다. 그런 법은 거의 없다. 모티프들은 변형되고 굴절되고 첨가되고 섞인다. 처음 모양과는 영판 다른 그림이 펼쳐지기도 한다. 그래도 그것은 그 모티프가 아니었으면 태어날 수 없는 것이다. 나무가 씨앗과 다르지만, 달라도 씨앗이 키운 것이다.

내 소설 「재두루미」는 그와 같은 변형과 굴절과 첨가와 섞임의 과정을 거쳐 자기만의 온전한 공간에 대한 간절한, 그러나 불가능한 그리움을 표현하는 소설로 형상화되었다. 작품이 이 모양인 것은 재료를 다루는 내 재주가 이 정도밖에 안 되기 때문이다.

7년 만의 장편

2006년 한 해 동안, 정확하게는 2006년 3월부터 2007년 2월까지 〈현대문학〉에 장편소설을 연재했다. 매달 단편소설 한 편 분량의 연재 원고를 써서 넘기는 건 직장이 있는 작가에게는 쉬운 일이 아니다. 계간지라면 방학을 적절히 이용하는 방법을 써볼 수 있겠지만 월간지의 경우는 그럴 수도 없다. 그런데도 월간지 연재를 한번 해보겠다고 결정한 것은 대학에서 소설을 가르치기 시작한 후 장편을 한 편도 쓰지 못하고 있었기 때문이다. 2000년에 펴낸 『식물들의 사생활』이 마지막 장편소설이었다. 장편을 못 쓰는 기간이 조금 더 길어질지 모른다는 우려가 초조감을 불러일으켰다.

게을러진 것은 아니었다. 나는 소설가는 소설을

잘 쓰는 사람이 아니라 소설을 꾸준히 쓰는 사람이라는 명제에 공감하는 소설가이고, 소설가는 대표작 한 편이 아니라 그가 쓴 모든 작품으로 평가받아야 한다고 주장하는 소설가다. 소설 창작을 가르치지만, 좋은 소설가의 모습을 보여주는 것이 내가 할 수 있고 하기를 원하는 가장 좋은 강의라는 생각을 하고 있는 소설 선생이기도 하다.

그럼에도 불구하고 소설을 쓸 시간이 줄어든 것은 어쩔 수 없는 현실이었다. 무엇보다 대학이라는 낯선 환경에 마음과 정신을 맞추는 것이 쉽지 않았다. 이를테면 학기 중에는 도무지 소설이 써지지 않았다. 여름과 겨울방학을 이용해야 했는데, 창작을 위한 몸을 만드는 데 거의 한 달이 걸리곤 해서 방학이 길다고 해도 단편 하나 쓰기가 바빴다. 장편은 엄두를 내기 힘들었다.

그러나 언제까지 상황을 핑계 대고 있을 수는 없었다. 장편 하나를 갖는 것도 중요하지만 공백 없이 꾸준히 글을 쓸 수 있도록 내 정신의 조건을 갖춰놓는 것이 더 중요했다. 연재라는 강제 없이 장편을 쓴다는 것은, 불가능하지는 않다고 해도, 여간 어려운 일이 아니었다. 나는 나를 강제하는 기분으로 연재에 임했다. 예상대로 쉽지 않았다. 강제하지 않고 쓰는 것이야 말할 필요가 없지만, 강제하고 쓰는 것도 어렵긴 마찬가지였다. 아니, 강제하기가 어려웠다. 연재하는 동안 내 소설은 자주 비틀거리고 길을 잃고 헤맸다. 연재가 끝난 후 집필 기간만큼의 시간을 들여 고쳐 써야 했지만, 그리고 그럼에도 불구하고 허물이 많은 작품이지만 어쨌든 나는 〈현대문학〉의 지면을 통해 장편소설 한 권을 갖게 되었다. 『그곳이 어디든』이 그 작품이다.

우리가 살고 있는 세상이 타지他地, 더 나아가 유배지나 다름없다는 인식이 이 소설을 구상할 때 나를 사로잡고 있던 화두다. 알베르 카뮈의 『적지謫地와 왕국』, 카프카의 「유형지에서」, 그리고 도스토옙스키의 『죽음의 집의 기록』이 이 시원찮은 소설에 부어진 대단한 영감들이다. 그 위대한 작가들이 만들어낸 강렬한 이미지에 오랫동안 붙잡혀 지냈다.

우리의 삶이 유배지에서의 삶과 다름없다는 것.

물론 유배지에도 삶은 있다. 도스토옙스키가 이미 잘 말해둔 대로 그곳에도 나름의 희로애락이 존재한다. 나름의 희로애락이 존재하지만 그러나 그곳은 역시 유배지다. 사람은 (귀양지인 이곳에서) 살도록 규정된 존재이고, 그러니까 삶은 권리가 아니라 의무다.

나는 쓰지 않으면 안 될 것 같았다. 거대한 상황에 압도당하는 아주 작은 개인의 실존을 그리면서 나 자신 가슴이 너무 답답하여 자주 심호흡을 하곤 했다. 나는 책의 후기에 '한여름에 껴입은 두꺼운 외투와 같은 불편함'을 받았을지도 모르는 독자들에게 미안한 심정을 피력했다. 그러면서도 문학과 인간의 위엄이 그처럼 불편한 데 있다는 내심을 끝내 감추진 못했다.

작품 바깥에서 뒷말을 해 무엇 하랴. 고작 이런 소설을 썼으니 영감을 제공해준 책들에게 무안하고 독자들에게 미안할밖에.

소설 밖—
소설 읽기

카프카가 보낸 사신

카프카를 읽는 일은 익숙한 넓은 길을 버리고 아직 길이 없는 낯선 숲속으로 들어가는 것과 같다. 수종樹種을 알 수 없는 크고 작은 나무들이 하늘을 가려 그 숲속은 어둡기까지 하다. 직전까지 일목요연하고 자명했던 이 세상에서의 삶이 카프카의 숲속으로 발을 들여놓는 순간 갑자기 의문투성이가 되고 이해할 수 없는 것이 되어버린다. 카프카의 책을 집어 드는 사람은 그런 사태를 각오하지 않으면 안 된다.

'오드라덱이 들려주는 이야기'라는 제목으로 새롭게 묶여 나온 그의 짧은 글들을 읽으면서 다시 그 낯선 숲속으로 들어가 있는 나를 발견하고 놀란다. 이미 읽은 작품들이 다수 포함되어 있지만, 그럼에도 불구하고 그 느낌은 처음처럼 새롭다. 어쩐 일인지 그의 글들은 읽을 때마다 낯설기만 하다. 그런 점이 시대를 뛰어넘어 독자들을 홀리는 카프카의 매력일 것이다. "지나가기 위해서라기보다는 걸려 넘어지게 하기 위해서 있는 길인 듯 보이"는(「진정한 길」) 그의 글들. 현실 속에 환상을 초대해 자신만의 독특하고 기묘한 세계를 창조해내는 고수의 솜씨를 통해 카프카는 쉬운 해답이 아니라 어려운 질문을 던지는 일의 가치를 알려준다. 그는, 지금의 삶은 견딜 수 없어 보이고 다른 삶은 도달 불가능해 보이는, 우리가 처한 정황의 어쩔 수 없음을 적절하게 간파한다. 그는 네가 누구인지 아느냐고 묻고(「어느 시골 의사」 「꿈」), 이웃을 이해하거나 그들과 소통하는 것이 가능한 줄 아느냐고 다그치고(「이웃 사람」 「늙은 거지」), 그리고 삶이 수상하지 않느냐고 속삭인다.

그의 글들은 본질적으로 형이상학적이다. 구원이라든가 법이라든가 운명 같은, 우리 세대가 잃어버린 단어들이 그의 책 곳곳에 지뢰처럼 숨어 있다가 불쑥불쑥 튀어나온다.

그의 관심이 삶의 가장 심각하고 본질적인 부분을 겨냥하고 있다는 것은 익히 알려져 있는 사실이다. 그는 문학을 통해 할 수 있는 가장 이상적인 하나의 모델을 20세기 초에 만들었다. 그 이후의 많은 좋은 작가들의 작품 속에 카프카가 들어 있다. 카프카에게 빚지지 않고 작가가 될 수 있었던 사람이 있다면 그것만으로 충분히 위대하다.

「황제가 보낸 사신」 속에서 우리는 황제의 소식을 가진 사신이 '너'에게 도달하기까지의 거의 불가능에 가까운 행로에 대해 듣는다. 사신은 길을 떠나자마자 많은 방해꾼들과 방해물들 때문에 진을 뺀다. 궁전의 가장 안쪽에 있는 방들을 지나가기도 힘에 겹다. 그렇지만 설령 그곳을 지나가더라도 계단을 내려가기 위해 싸워야 하고 여러 뜰을 가로질러야 한다. 뜰을 가로질러 가면 두 번째 궁전이 나타난다. 그러고 다시 계단과 뜰 그리곤 다시 궁전. 그렇게 수천 년을 보내고 나서야 사신은 가장 외곽에 있는 문밖으로 뛰쳐나갈 수 있다고 말해진다. 사람의 길

앞에 놓인 수많은 미로, 그는 인생이 곧 미로라는 걸 알고 있다.

어쩌면 카프카를 이해하기가 그만큼 어려운지도 모른다. 카프카로부터 오는 아득히 먼 길. 우리의 사신은 그 수많은 계단과 뜰의 어느 한 곳에 멈춰 있기 일쑤다. 그의 소설들이 서구식 선문답으로 읽히는 것과 이 사실은 무관하지 않다.

그의 소설들은 혼란이다. 적어도 나에게는 그렇다. 들어가면 빠져나오기가 쉽지 않은 깊고 어두운 숲속. 그러나 그는 지도를 준다. 눈이 밝은 독자는 그 지도를 독해할 수 있다. 물론 자기 식으로. 그래서 우리는 카프카를 읽으며 "창가에 앉아 그 (황제가 보낸) 소식이 전달되기를 꿈꾼다, 저녁이 오면".

오지 않는 애인을 기다리며 읽는
읽지 못하는 책

약속한 사람이 항상 제시간에 오는 것은 아니다. 어떨 때는 나보다 일찍 오지만 어떨 때는 나보다 늦게 온다. 어떤 사람은 시간을 꼭 맞춰서 오지만 어떤 사람은 거의 항상 30분 이상 늦게 나타난다. 길이 막히는 날도 있고 시간 계산을 잘못 하는 날도 있다. "약속 시간 정확하게 지켜준다"라는 문구가 객차 안에 붙어 있지만, 그러나 요새는 전철도 자주 사고를 낸다. 대체로 시간을 지키기가 지키지 않기보다 어렵다. 누구나 늦을 수 있다. 내가 늦을 수도 있고, 나와 약속을 한 사람이 늦을 수도 있다. 따라서 우리는 언제나 기다리는 사람이 될 준비를 하고 살아야 한다.

기다리는 사람이 될 준비를 해야 한다는 것은 기

다리는 시간에 대비해야 한다는 말이다. 누군가를 기다리는 시간은 그 누군가에게 미리 주어버린 시간이다. 대비하지 않은 자에게 이 시간은 막무가내이고 지리멸렬하기 짝이 없는 시간이다. 왜냐하면 그 시간은 이미 자기 시간이 아니기 때문이다. 사실은 그 자리에 나오기 전부터 시간에 대한 권한을 상실해버렸다고 하는 편이 진실에 가깝다. 가령 우리는 오후 늦게 약속이 잡혀 있는데도 아침부터 자기를 위한 시간을 갖지 못하고 빈둥거리기도 한다. 시간을 앞당겨서 내주어버렸기 때문이다. 그 사람과 같이 쓰기로 하고 미리 떼어놓은 시간을 혼자 쓰자니 어떻게 해야 할지 모르는 것이다. 사정이 그러니 약속 시간이 지나도 오지 않는 사람을 기다리면서 할 수 있는 일이 무엇이겠는가. 아무것도 없다. 대비하지 않았다면.

　기다리는 사람이 사업상의 파트너나 친구나 선배일 경우도 마찬가지지만 만약 애인이라면, 그것도 만나기 시작한 지 얼마 되지 않아서 이제껏 알아낸 것에 비해 아직 알아내지 못한 것이 훨씬 많은 사이라고 한다면, 충분히 알지 못하기 때문에 더 간절하게 끌리는 사이라고 한다면, 아직 신뢰보다는 의심이 더 지배적인 감정이라고 한다면, 그래서 "그대가 곁에 있어도 나는 그대가 그립다"라는 시구가 자기 고백처럼 입에서 맴도는 단계라고 한다면, 그 그리움, 그 보고 싶음이 실은 불신과 의혹의 교묘한 위장이나 다름없다는 사실을 아직 깨닫지 못했거나 부러 깨닫고 싶지 않은 상태라고 한다면, 그 시간의 막무가내인 지루함을 무슨 수로 무찌른단 말인가.

그런 시간의 길이를 생각해보라. 1분이 한 시간보다 길다. 10분은 거의 미치게 만든다. 시간처럼 실존적인 것이 있을까. 시간은 시계의 눈금에 갇히지 않는다. 어떤 시간은 길고 어떤 시간은 짧다. 어떤 시간은 무겁고 어떤 시간은 가볍다. 어떤 시간은 견딜 만하고 어떤 시간은 견디기 어렵다. 예를 들면 사귄 지 10년쯤 된 애인을 기다리는 사람의 시간과 이제 한 달 된 애인을 기다리는 사람의 시간이 같을 수 없다. 10년 된 애인을 기다리는 사람은 좀 늦어도 그다지 안절부절못해하지 않는다. "길이 막혀?

그럼 다음에 보지, 뭐." 큰 동요 없이 이렇게 말할 수 있다. 한 달 된 애인을 기다리는 사람도 그럴 수 있을까? 그런 사람도 있겠지만 일반적인 경우는 아니다. 만난 지 한 달 된 애인은 본질적으로 아직 믿을 수 없는 사람이다. 보고 싶어 한다는 것이 그 불신과 의심의 증거다. 보고 싶으면 보고 싶은 만큼, 간절하면 간절한 만큼 믿지 못하고 있다. 내 눈앞에 없으면 어디서 무얼 하는지 의심스럽기 때문에 보고 싶어 하는 것이다. 애인은 본질적으로 의심하는 관계다.

애인을 기다리는 시간이 유독 견디기 어려운 까닭이 이로써 분명해졌다. 오지 않는 애인을 기다리며 오지 않는 애인에게 무슨 일이 생긴 건 아닐까를 걱정하는 사람이 아주 없다고 할 수는 없지만 대체로 그런다고 할 수는 없다. 그보다 우선하는 것은 오지 않는 애인에 의해 허비된 자기 시간의 부피다. 오지 않는 애인을 기다리는 동안 1분은 한 시간처럼 길어지고 평생처럼 늘어난다. 애인이 나타나지 않는 그 1분 동안 우리는 천 가지 경우의 수를 헤아리고 만 가지 감정의 기복을 겪는다. 사람은 그다지 이타적인 존재가 아니다. 다는 아니지만 사람은 빈번하게 자신의 이기적 욕망을 이타적 동기 속에 교묘하게 은폐한다.

그러니 대비하여야 한다. 애인은 약속 시간에 늦을 수 있고, 우리는 어쩔 수 없이 애인을 기다리는 사람이 되어야 할 때가 있다. 그런데 어떤 대비? 약속 장소는 카페이거나 영화관 앞이거나 공원 벤치일 것이다. 그 모든 경우에 가능한, 유일하다고 할 수는 없어도 가장 그럴듯한 대비책은 가방 속에 한 권의 책을 넣어 가지고 나가는 것이다.

가능하다면 시간의 흐름을 의식하지 않을 정도로 재미있는 책이 좋다. 너무 어렵거나 복잡한 책은, 그렇지 않아도 견디기 힘든 시간을 속수무책으로 만들어버릴 가능성이 있다. 연애소설은 읽지 않는 것이 좋을 것 같다. 자칫 잘못하면 감정의 불길에 기름을 부은 격이 되어버리기 십상이다. 감상을 자극하는 말랑말랑한 수필집도 말리고 싶다. 감정은 가슴에서 끓고 있는 것으로 족하다. 머리를 쓰게 하고 사건의 인과관계를 따지게 하는 추리소설이 어울리지 않을까. 예를 들면 토머스 해리스의 『레드 드래곤』이나 『양들의 침묵』. 추리소설을 좋아하지 않는 사람이라면 지적인 성찰을 유도하는 산문은 어떨까? 미셸 투르니에의 『예찬』이나 『짧은 글 긴 침묵』.

그런데 토머스 해리스든 미셸 투르니에든 그 책들이 아무리 흡인력이 있다고 해도 애인을 기다리는 사람의 눈에 글자들이 들어올까. 그러니까 그 책들이 오지 않는 애인을 기다리는 그 지루한 시간에 대한 방비책이 될 수 있을까. 오차 범위 내에서 말할 수 있는 답이 나에게 있다. 애인을 기다리는 시간에 읽는 책은, 어떤 책이든 뇌에까지 전달되지 않는다. 눈에서 뇌에까지 이르는 길이 너무 멀고 험해서 가지 못한다. 책을 읽되 잘 읽지 못한다.

그런데도 애인을 기다리는 시간에 책을 잘 읽을 수 있다면 당신은 덜 간절하다고밖에 말할 수 없다. 아니, 더 그럴듯한 진단은, 간절함의 단계를 벗어났다. 이제 당신은 더 잘 읽을 수 있게 될 것이다. 조금 있으면 소지할 책에 대한 까다로운 구별도 불필요해질 것이다. 그리고 당신의 애인은 점차 의심의 대상이 되지 않거나 의심할 가치가 없는 대상이 되어갈 것이다. 믿음이 돈독한 사이가 되거나 무미건조한 사이가 되어갈 것이다. 그리고 돈독한 믿음과 무미건조함이 한 몸에 붙여진 다른 이름이라는 걸, 당신이 너무 둔하지 않다면, 곧 알아차리게 될 것이다. 축하한다.

말 많은 세상에 대한 '침묵의 세계'

침묵은 전혀 부정적인 것이 아니다. 그것은 단지 대
화의 부재가 아니다. 그것은 적극적인 것이며, 그 자체
가 하나의 완전한 세계이다.

—막스 피카르트, 『침묵의 세계』, 최승자 옮김,

성바오로출판사, 1980

이 책의 첫 문장은 이렇게 시작한다. 이 책을 처
음 만났을 때(그때 나는 대학생이었는데) 이 '적극적
인' 문장이 나를 사로잡았다.

나는 이 책을 아주 우연히 책방에서 발견했다.
'침묵의 세계'라는 제목에 이끌려 책장을 넘겨 보면
서도 나는 그다지 기대를 걸지 않았다. 막스 피카르
트라는 저자에 대해서도 아는 바가 없었고, 어쩌면

사춘기 소녀들을 홀리기 위해 갖은 미사여구를 다 동원해 짜깁기를 해놓은 엉터리일지 모른다는 의심까지 했었다. 그러나 그러한 나의 우려는 첫 장을 넘기는 순간 사그라들고 말았다. 가브리엘 마르셀이 추천의 말을 썼다는 것은 그렇게 강조할 사항이 아닌지 모른다. 그의 추천사는 막스 피카르트의 완전한 침묵의 세계를 지원한다기보다 오히려 해치고 있다는 인상이 들 정도다. 이 책은 하나의 완성된 침묵이기 때문에, 이 책에 대한 어떤 언급도 실은 소음이 되고 만다. 이 책은 그야말로 완전한 하나의 세계다. 『침묵의 세계』를 소개하는 나의 이 서툰 글이야말로 더욱 부질없다. 이 책에 대해 이야기하려고 할 때 누구도 그런 위험을 피할 수 없다. 모르긴 해도 막스 피카르트 자신이 이 책에 대해 언급하려고 해도 마찬가지일 것이라고 생각한다.

처음 이 책을 읽을 때 나는 음성언어인 말과 문자언어인 글에 대해 꽤 관심이 많았다. 그럴 수밖에 없는 것이 그때 나는 신학생이었고 또 문학도였다. 진리 또는 통찰력을 말과 글을 통해 전달하지 않으면 안 된다는 점에서 종교와 문학, 그 두 개의 세계는 구조가 닮아 있다. 이 책은 나에게, 말을 하기 위해 침묵을 배워야 하고 잘 말하기 위해서는 더욱 침묵의 세계를 알아야 한다는 중요한 가르침을 주었다. 나는 이 책을 몇 번이나 읽었고, 읽을 때마다 밑줄을 그었다.

역자의 소개에 의하면 막스 피카르트는 1888년에 독일에서 태어났으며 대학에서 의학을 전공한 의사였고, 말년에 스위스로 이주하여 저작 생활에 몰두하다가 1965년에 세상을 떠난 것으로 되어 있다. 그는 이 책 말고도 『신으로부터의 도주』 『사람의 얼굴』 『우리 안의 히틀러』 등의 책을 썼다고 한다.

그는 침묵의 세계에 대해 장황하게 언어로 말한다. 책 한 권을 침묵에 대해서만 써낸다는 것은 보통의 수다가 아니면 가능하지 않을 것이다. 그런데 그의 언어들은 어쩐 일인지 전혀 수다스럽지가 않다. 그 비밀은, 그의 언어가 침묵에 뿌리를 내리고 있기 때문이다. 그의 표현을 빌리면 우리들의 "말은 침묵의 배경이 없으면 깊이가 없"다. "침묵은 말없이 있을 수 있지만 말은 침묵 없이는 존재할 수 없"다. "참된 담화는 침묵의 반영에 불과"하다.

막스 피카르트의『침묵의 세계』야말로 충만한 침묵의 배경에서 솟아오른 말들이다. 그 때문에 잔잔하고 깊고 평화롭다. 막스 피카르트는 '침묵'이 '언어의 결핍'이 아니라, 그렇게 소극적인 현상이 아니라, 오히려 '언어가 충만한 상태'이고, 그렇게 적극적인 하나의 세계임을 가르쳐준다.

그렇다고 해서 그가 언어를 무시하거나 멸시하고 있는 것은 아니다. 그는 언어의 소중함을 분명하게 인식하고 있다. 그가 침묵에 대해 관심을 가지는 것은 침묵의 상태를 찬양하기 위함이 아니고, 우리의 언어를 의미 있게 하고 깊어지게 하기 위함이다.

그의 글들은 단순명료하면서도 울림이 크다. 철학적 사유의 깊이를 확보하고 있으면서 동시에 시적 은유로 충만해 있다. 잠언서를 읽는 것 같은 느낌을 주는가 하면 밝고 평화로운 풍경화를 보고 있는 듯한 인상을 풍기기도 한다. 그의 언어는 깊고 또 동시에 넓다. 깊되 넓이를 잃지 않고 있으며, 넓되 깊이를 놓치지 않고 있다.

나는 이 책에서 침묵의 본질에 대한 놀랍고 참신한 선언을 들었다. 또 말과 침묵의 관계만이 아니라 침묵과 사랑, 침묵과 신앙, 침묵과 예술, 침묵과 지식, 침묵과 시간 등등의 항목을 통해 펼쳐 보이는 아름답고 깊고 아늑한 침묵의 세계도 엿보았다.

하이데거는 언어를 존재의 집이라고 했다. 우리는 언어를 통해 산다. 언어를 통해 사유하고, 사유한 것을 언어로 드러낸다. 언어가 없으면 사유가 멈추고, 사유가 멈추면 언어가 멈춘다. 언어가 짧으면 사유가 짧고, 사유가 짧으면 언어도 짧다. 그런데 우리의 언어 체험에서 보면, 언어 자체보다 말과 말 사이의 여백이 더 중요한 역할을 담당하곤 한다. 우리는 말을 통해서가 아니라 침묵을 통해 더 중요한 생각을 전달하기도 한다. 정작 마음을 전달하는 것은 말이 아니라 침묵일 때가 많다. 말은 침묵에서 나온다는 피카르트의 통찰은 옳다. 침묵의 배경이 없으면 말은 소리 이상이기가 어렵다. 뜬구름 같은 말들이 범람하고, 말이 폭력을 대신하기까지 하는 이

'말 많은 세상'을 향해 '침묵의 세계'는 놀라운 통찰력을 보여준다. 이 책은 침묵의 배경에 대한 진지한 이해를 담보할 것을 먼저 요구한다. 그렇지 않은 사람에게 이 책은 아무것도 말해주지 않는다.

프란츠 카프카의
'아버지께 드리는 편지'

　소설가는 여러 편의 작품을 통해 한 편의 자서전을 쓰는 사람이다. 이 말은 물론 소설이 허구^{fiction}라는 사실을 부정하는 것은 아니다. 소설가가 자기 이야기만을 쓴다는 뜻도 아니다. 작가 의식의 중요함을 강조하는 데 이 말의 참뜻이 있다. 창조자는 '자기의 형상대로' 인간을 만들었다. 소설가 또한 '자기의 형상대로' 자기의 인간들을 만든다. 내부에 있는 것이 밖으로 나온다는 것은 언제나 진리다. 안에 없는 것이 밖으로 나올 수 없고, 안에 있는 것이 밖으로 나오지 않을 수도 없다. 차면 넘친다. 그 역은 아니다. 그러니까 작품은, 어떤 형태로든, 작가의 내부에서 유출되어 나온 것이다. 소설가가 여러 편의 작품을 통해 한 편의 자서전을 쓴다는 것은 그런 뜻이다.

한 작가가 쓴 작품을 이해하기 위해서 참조해야 하는 여러 가지 요소들이 있다. 예컨대 작품의 구조라든가 문체라든가 사회상이라든가 전기라든가 사조 같은 것이 그런 것들이다. 그러나 아마도 가장 효과적인 것은 작가의 작품 자체일 것이다. 그가 쓴 작품으로 그가 쓴 작품을 해석한다. 소설가가 여러 편의 작품을 통해 한 편의 자서전을 쓴다는 명제가 틀리지 않다면 이 방법도 틀리지 않다. 한 작품은 다른 작품의 안이나 밖에 있다. 작품들은 유기적으로 연결되어 있거나 인과의 관계를 갖는다. 그리고 유독 그 작가의 작품들을 잘 이해하게 해주는 자습서와 같은 작품이 있기 마련이다.

카프카에게 그런 작품은 『아버지께 드리는 편지』다. 이 책은 카프카라는 작가의 정신세계와 문학 세계의 근원을 보여준다. 카프카 스스로 고백한 카프카의 인생론 혹은 문학론인 셈이다. 이 책에 의하면 카프카 문학의 주제는 아버지다.

나는 앞의 글에서 카프카 이후의 작가들 가운데

카프카로부터 자유로운 작가는 아무도 없다고 쓴 적이 있다. 1883년 체코의 프라하에서 태어나 40세의 젊은 나이에 폐결핵으로 세상을 버린 이 불안하고 내성적인 유대인 작가는 몇 편의 작품을 통해 독특하고 새로운 소설의 모형을 만들었다. 현대인의 존재 상실과 정신의 불안을 알레고리와 상징, 심도 있는 문장으로 다룬 이 작가에 의해 실존주의의 지평이 열렸다고 흔히 말해진다. 『성』과 『심판』과 「변신」 그리고 「유형지에서」 등이 이 위대한 작가가 쓴 작품들이다. 카프카 이후의 작가들 가운데 카프카로부터 자유로운 작가가 없는 것처럼 그의 모든 작품 가운데 『아버지께 드리는 편지』로부터 자유로운 작품도 없다.

글을 쓸 때는 제가 실제로 한 걸음 자립하여 아버지에서 벗어날 수 있었기 때문입니다. 비록 그 도피에서는 뒤쫓아온 발에 밟혀 일부가 떨어져 나간 몸뚱이를 옆으로 질질 끌고 가는 벌레가 연상되었을지라도 말입니다. 그러나 어느 정도는 안전했습니다. 숨을 들이쥘 수도 있었습니다. ……제 글쓰기의 주제는 아버지십니다. 아버지의 가슴에 안겨 푸념하지 못하는 것들만 글에서 털어놓았을 뿐입니다. 글쓰기는 아버지로부터의 작별을 의도적으로 지연시키기 위한 방책이었습니다.

—프란츠 카프카, 『카프카의 아버지께 드리는 편지』,

정초일 옮김, 푸른숲, 1999

카프카의 글쓰기는 아버지라는 크고 위대한 존재로부터 달아나기 위한 거의 유일한 방법이었다. 그는 끊임없이 사랑을 베풀지만 동시에 억압적이기도 한 그의 아버지로부터 달아나고자 했다. 그러나 '불안하고 의심 많고 우유부단한' 카프카는 언제나 실패했고, 마지막까지 달아나지 못했다. 이 편지에는 우유부단하고 소심하며 선병질적인 카프카와 여러 가지 면에서 정반대의 캐릭터를 가진 그의 아버지의 면모가 유감없이 드러나 있다. 편지에서 카프카는 자신과 아버지의 불합리하고 정상적이지 않은 관계를 특유의 분석적인 문장으로 조목조목 따지지만, 그러나 끝내 그 편지를 아버지에게 부치지는 못한다. 아버지를 향한 소송은 끊임없이 제기하지만 그러나 한 번도 법정에 가보지는 못하는 것이다.

카프카의 아버지에 대한 이와 같은 이중적인 정서는 이 작품에서 '감금되어 있는 죄수의 처지'로 비유되어 나타난다. 감금되어 있는 죄수는 탈옥하려는 의도를 가지고 있지만 또한 동시에 감옥을 환희의 성으로 개축하여 살아보려는 의도도 가지고 있다. 감옥을 빠져나갈 것인가 아니면 사람이 살 만하게 고쳐서 살 것인가, 그것이 문제가 된다. 그는 주저하고 망설인다. 그는 탈옥하기를 원하지만 또한 감옥을 고쳐서 살고 싶은 마음도 가지고 있다. '만약 그가 탈옥하면 개축할 수 없으며, 개축하면 탈옥할 수 없다.'

이 비유의 의미는 명백하다. 그는 아버지에게 감금되어 있는 죄수다. 그는 아버지로부터 탈옥하고 싶어 한다. 시도한다면 그것은 아마 가능할 거라고 카프카는 말한다. 그러나 그가 그렇게 하지 못하는 것은 그에게 감옥인 아버지를 개조하여 살아보려는 욕구가 같이 있기 때문이다. 카프카는 자신의 두 번에 걸친 약혼과 파혼을 설명하는 자리에서 이 말을 하고 있다. 보다 구체적인 문맥을 따르자면, 예컨대 그는 결혼을 함으로써 감옥을 탈출할 수 있었다. 그러나 그는 감옥을 개축해서 살아보려는 또 다른 욕구 때문에 탈출(결혼)하지 못한다. 탈옥하거나 개축하는 데 성공했다면, 추측건대 그는 『성』이나 『심판』이나 「유형지에서」를 쓰지 못했을지 모른다. 탈옥도 개축도 할 수 없는, 그 정신의 막다른 궁지에서 소설이 탄생한다.

이 문맥은 카프카의 여러 작품들을 이해하는 데 핵심적인 역할을 한다. '아버지'와 아버지가 상기시키는, 예컨대 법이라든가 제도, 신을 포함한 모든 권위에 대한 그의 우유부단하고 불안정한 태도가 결국 인간의 운명을 부조리한 상황 속에 던져진 것으로 설정하게 하였을 것이다. 그는 '아버지'들로부터 도주하고자 한다. 그러나 그의 도주는 마지막까지 실행되지 않는다.

낡은 집을 허물고 그 자재를 가지고 새 집을 짓는 일은 쉽지가 않다. 그래서 카프카는 다음과 같이 말한다.

> 만약 힘에 부쳐 중단됨으로써, 위태롭지만 완벽한 집 대신 반쯤 허물어진 집과 반쯤 완성된 집이 남게 되면, 그 두 집 사이에서 제 무덤을 파게 될 것입니다.
>
> —앞의 책

반쯤 허물어진 집과 반쯤 완성된 집 사이의 무덤, 카프카는 자신의 운명을 그렇게 예감했고 예감대로 살다 죽었지만, 카프카의 이 비유는 자신의 운명에 대해서만이 아니라 우리들 모두의 운명에 대한 가장 탁월한 암시다. 반쯤 허물어진 집과 반쯤 완성된 집 사이에 우리들의 무덤이 있다.

자작나무와 낙엽송 아래에서 책 읽기

요즘은 조금 달라졌지만, 나는 여행을 그다지 좋아하지 않았다. '이곳'이 아닌 '저곳'에 대한 동경이야 늘 있었지만 대개의 경우 그 동경은 구체적인 땅에 대한 것이 아니었다. 영혼의 지향, 공간화한 정신으로서의 '저곳'은 여행에의 충동을 불러내지 않았다. 나는 대체로 더디게 움직이고, 아주 느리게 이동하는 편이다.

여름에는 특히 어딘가 다른 곳으로 몸을 이동하지 않는다는 게 내 오랜 신념 같은 것이다. 사람들이 우글거리는 한여름 해수욕장 사진을 보면 몸이 저절로 더워진다. 모래찜질을 하고 있는 사람들에 대해서는 저 사람들은 몸에 달라붙은 모래들을 어떻게 털어낼까 걱정이 되고, 바다에 들어가 파도타기를 하고 있는 사람들에 대해서는 저 사람들은 몸에 붙은 허연 소금기를 어디서 씻어낼까 염려된다. 제대로 씻어내지 못한다면 얼마나 찝찝할까, 털어내고 씻어내자면 또 얼마나 더울까 하는 생각도 뒤따른다. 이런 식이니 여름 바다가 탐날 까닭이 없다.

실제로 나는 여름에 바닷가에 가지 않고 살아왔다. 뭐 특별한 이유가 있었던 것은 아니다. 몸이 말을 듣지 않았다고 해두자. 아니면 번잡한 것에 대한 생래적인 몸의 거부감이라고 하든지. 대체로 그렇듯이 신념이 먼저는 아니었다. 몸의 조건이 정신에 영향을 미치는 예는 의외로 흔하다. 바다는 뛰어들기 위해서가 아니라 바라보기 위해 존재한다는 궤변이 내 몸의 조건을 합리화하기 위해 만들어졌다.

어느 해부터는 여름에 움직이지 않고 집에만 틀어박혀 있을 수 없게 되었다. 몸의 조건이나 신념에 변화가 생겨서가 아니고, 나를 둘러싼 환경이 변화한 탓이다. 구체적으로 말하면 가장이 되었다는 것―누군가의 의지, 또는 의지들이 나의 의지와 부딪쳐 휘저을 때 그냥 모른 체할 수 없다는 것, 그것이 가장됨의 의미다.

아들이 열 번째 여름을 맞던 해부터 이른바 피서를 가기 시작했다. 버티다가 식구들에게 등 떠밀려 하는 수 없이 택한 곳이 스키장이었다. 겨울에는 가지 않는 스키장을 여름에 갔다. 여름에는 가지 않는 바다를 겨울에 가듯이.

용평의 여름은, 겨울의 용평을 모르니까 비교할 수는 없지만, 그 어느 때보다 좋다. 슬로프에는 흰 눈 대신 녹색의 잔디가 두껍게 깔려 있고, 나무들은 아늑한 그늘을 만들어낸다. 바람은 땀을 식혀주기 위해 산등성을 넘어온다. 실제로 그곳의 객실에는 에어컨이 설치되어 있지 않다. 필요하지 않기 때문이다.

그러나 스키장이 좋은 것은 그것 때문이 아니었다. 귀족 같은 자태의 자작나무와 낙엽송과 잣나무가 만들어내는 숲 속에서 나는 3박 4일의 거의 모든 시간을 보냈다. 일행들이 수영장에 가거나 차를 타고 대관령을 넘어 주문진 해수욕장에 가고 없는 낮 시간에 나는 혼자 숲속에 들어가 걷거나 책을 읽었다. 책을 읽다가 걷다가 자다가 했다.

용평의 곧게 솟은 자작나무와 낙엽송들은 내게 여름 여행의 맛을 느끼게 해주었다. 나는 더 이상 여름에는 이동하지 않는다는 신념을 고수할 수 없게 되었다. 그러나 아직 바다로는 아니다. 그것은 여름에는 바다가 없기 때문이다. 여름이 되면 이 땅의 모든 바다는 해수욕장으로 변한다. 나는 해수욕장에는 가기 싫다.

나무 그늘 아래서 책 읽기가 나의 여름 나기가 되었다.

용평에 가던 첫해, 나는 책을 한 권밖에 가지고 가지 않았다. 그다음 해부터는 여러 권을 준비해 가지고 갔다. 지난해 여름에 그 숲속에서 미셸 투르니에와 사귀었다. 그의 책 『예찬』은 어디서 읽어도 좋은 책이지만 특히 자작나무와 낙엽송이 우거진 숲 그늘에서 읽기에 좋았다. 여름 숲속에서 읽을 책을 고르는 일이 즐거움이 되었다. 올여름에는 무슨 책을 읽을까. 그 생각이 벌써부터 나를 행복하게 한다.

카눈, 혹은 삶과 죽음의
문제를 다루는 특별한 방법

　　이스마일 카다레는 알바니아 태생의 작가다. 그는 1936년에 태어났고 1963년에 『죽은 군대의 장군』을 써서 자신의 존재를 세상에 알렸다. 90년 프랑스로 망명했으며 해마다 가장 유력한 노벨문학상 후보로 거론되고 있다. 얼마 전에 대산재단이 주관한 국제 문학포럼의 초대 손님으로 우리나라를 방문한 바 있다. 한국어로 번역된 그의 대표작품으로는 『죽은 군대의 장군』을 비롯, 『H 서류』와 『부서진 사월』 『꿈의 궁전』 등이 있다.

　　『부서진 사월』은 법에 대한 소설이다. 문명과 도시로부터 떨어진 알바니아의 고원지대가 무대다. 이 지역의 주민들을 지배하는 것은 카눈(규칙을 뜻하는 그리스어 KANON에서 유래한 것으로 관습법을 모아놓은 법규집)이다. 카눈은 절대적이다. 누구도 침범할 수 없고 거스를 수 없다. 세월이 카눈에게 권위를 부여했다. 그것은 신성한 힘이다. 신성을 범하는 자는 살지 못한다.

이스마일 카다레의 『부서진 사월』은 피의 복수를 정당화하는 카눈에 의해 저질러지는 죽음과 복수의 문제를 다룬다. 누군가 살인을 당하면 희생자의 집안은 카눈의 규정에 따라 살인자를 복수할 의무와 권리를 가진다. 복수는 이어진다. 이번에는 복수의 의무와 권리가 상대방 집안사람에게 돌아간다. 두 가문은 끝없는 복수와 복수의 연쇄 속에 들어가고, 그리하여 피와 죽음의 드라마는 이 고원 지방을 끝없이 떠돈다.

법은 엄격하고 준엄하다. 복수를 정당화하는 이 법이 인간적인가 하는 질문이 마땅히 제기된다. 피의 복수를 정의를 실현하는 현실적인 방법으로 제시하는 이 법의 비합리적인 요소를 지적하기는 쉽다. '눈에는 눈으로, 이에는 이로'는 얼마나 단순하고 비인간적이고 야만적이기까지 한 법인가. 용서와 희생을 근간으로 하는 사랑의 법에 의해 복수의 법은 폐위되지 않았는가. 그러나 작가는 꼭 그렇게 단순하게만 생각할 문제가 아니라고 말하는 듯하다. 피의 보복을 당연한 것으로 만들어놓음으로써 살인 행위를 억제하게 되고, 그렇기 때문에 인간적이라는 설명이 보인다.

하지만 그것은 이 소설이 옹호하는 카눈의 법에 대한 아주 사소한 효과에 지나지 않는다. 카눈의 세계는 복수를 정당화하되 규정과 법칙 안에 복수를 제도화함으로써 무절제하고 비이성적인 살인 행위를 막고 있다. 말하자면 복수의 제도화인 셈이다. 가령 살인 사건이 일어난 후 30일간의 휴전 기간을 허용한다든가, 복수하는 자가 죽이지 못하고 부상을 입혔을 때 피를 절반 회수한 것으로 하든지 아니면 그에 상응하는 비용을 지불하든지 해야 한다는 세세한 규정들이 그러하다. 살인을 행한 자가 복수하려는 자들을 피해 들어가는 유폐탑이라는 곳은 도피성을 연상시킨다. 요컨대 카눈은 모든 보복 행위를 제도화한다. 제도화된 복수는(복수도 제도화

되면) 감정을 억제하고 이성에 기초한 태도를 요청한다. 법의 테두리 밖, 인간의 감정 영역에 복수를 내버려둘 때 일어날 수 있는 혼란과 무질서를 상상해보라. 그러나 그렇다고 해도 복수의 법이 바람직한 체계라는 주장은 설득력이 없다.

법은 인간이 완전하지 않기 때문에 주어졌다. 사랑은 이상이지만, 사랑에 이를 수 없기 때문에 정의가 법이 된다. 모든 법은 사랑의 상태를 지향하지만 그러나 사랑에 이르지 못하고, 완전해지길 꿈꾸지만 그러나 완전에 이르지 못하며, 인간의 형상을 추구하지만 인간의 얼굴을 가질 수 없다. 인간이 불완전한 것처럼 법도 불완전하다. 인간이 불완전함에도 불구하고, 혹은 불완전하기 때문에 법은 완전의 형태를 상정한다. 인간의 불완전이 법의 완전을 상정하는 이유다. 법은 완전해지고 신성해지고 절대적이 된다. 법의 권위가 거기서 나온다. 법의 권위는 처음부터 주어진 것이 아니라 인간으로부터 부여받은 것이다. 인간이 사회의 안녕과 질서를 위해 법을 만들고, 법에 권위를 부여하고, 법의 지배를 받는다.

알바니아의 고원지대 사람들에게 작용하는 카눈의 위력은, 그와 같은 법, 완전과 신성과 절대를 부여받은 법의 형상에서 말미암는다. 카눈이 완벽해진 것은, 카눈이 완벽해서가 아니라 카눈이 완벽해져야 하기 때문이다. 카눈이 절대적이 된 것은, 카눈이 절대적이어서가 아니라 절대적이어야 하기 때문이다. 완벽하고 절대적인 카눈 아래 있을 때 세상은 평화롭다. 카눈이 완벽과 절대를 잃을 때 세상은 혼란에 빠진다. 복수에 대한 카눈이 합리적이고 인간적이라고 말해야 하는 문학적 필요가 여기서 나온다.

『부서진 사월』의 감동은 그러나 카눈의 완전함 혹은 그 절대성에서 오는 것이 아니다. 카눈의 절대적인 지배 아래서 삶과 죽음의 경계를 아슬아슬하게 살아내는 사람의 고뇌를 읽지 못한다면 그 사람은 이 소설을 잘 읽은 것이라고 할 수 없다. 그조르그는 소년기를 벗어나자마자 형의 복수를 위해 살인할 의무를 진다. 그것은 곧 자신이 살해당할 운명에 처한다는 것을 의미한다. 소설은 그조르그가 쏘는 한 발의 총성으로 시작해서 그조르그를 향해

쏘아진 한 발의 총성으로 끝난다. 형의 복수를 한 후 주어진 30일간의 휴전 기간이 이 소설의 현실적 시간이다. 그것은 그조르그의 유예된 목숨이기도 하다. 제목이 '부서진 사월'인 것은 그의 시간이 4월 중순에 끝나기 때문이다.

그조르그는 아직 어린애나 마찬가지다. 그는 세상에 대해 알아야 할 것이 많고 이루어야 할 것이 많고 살아야 할 것이 많다. 자신을 위해 그 무엇도 하기 전에 그는 카눈이 정한 규정에 따라 살인자가 되어야 하고, 죽임을 당할 표적이 되어야 한다. 갈등과 번민이 없을 수 없다. 카눈이 정한 법에 따르면 자신의 생은 없다. 이럴 수 있는가? 그러나 이 소설의 주인공은 운명을 거역하지 않는다. 갈등과 번민은 운명을 거역하지 않는, 혹은 못하는 자의 내면이다. 운명을 거역하지 않는, 혹은 못하는 자의 표정은 운명적이다. 그가 자신에게 허용된 마지막 30일의 시간을 광야를 헤매며 자신이 우연히 발견했던 한 아름다운 도시 여자의 마차를 찾아다닌다는 설정은 매우 아름답고 인상적이다. 그는 그 낯선 여자에게서 무엇을 보았을까? 카눈이 강요하는 운명의 좁은 터널을 빠져나갈 희미한 빛이었을 것이다. 그러나 이스마일 카다레는 결국 그조르그로 하여금 그 여자를 만나게 하지 않는다. 카눈은 강력하고 운명은 빠져나갈 수가 없기 때문에 운명이다.

반복되는 죽음의 연쇄 고리 안에서도 삶은 지속된다. 삶들이 죽음에 바쳐지는 것처럼 보이지만 실은 죽음들이 삶에게 바쳐지는 것이다. 죽음이 연쇄 고리를 이루며 땅을 덮어야 할 정도로 삶이 숭고한 것이다.

이 소설에 나오는 오로쉬 성이라는 존재는 하나의 사유의 길을 연다. 그곳은 타인의 피를 흘리게한 사람이 피의 세금을 내기 위해 반드시 들러야하는 곳이다. 그조르그도 형의 복수를 한 다음 곧바로 오로쉬 성을 향해 떠난다. 그러니까 오로쉬 성은 카눈의 지배를 유지시키는 상징적인 공간이면서카눈에 의해 유지되는 현실적인 공간이기도 하다. 카눈은 오로쉬 성을 위해 있고 오로쉬 성은 카눈을 위해 있다. 카눈이 절대적인 것처럼 오로쉬 성도 절대적이다. 그러나 카눈이 권위를 잃으면 오로쉬 성도 그만큼 권위를 잃는다.

오로쉬 성은 권력을 드러내기도 하고 전통적인 가치를 상징하기도 하고 관료 집단을 암시한다고 할 수도 있다. 이 소설에 나오는 '피의 관리인'이라는 직함을 가진 사나이의 존재는 그래서 특별하다. 그는 카눈의 하수인이면서 카눈을 지키는 자다. 그는 도시 문명의 영향을 받은 탓으로 조금씩 줄어드는 고원지대의 피의 회수(복수)를 걱정한다. 상황을 파악하고 카눈의 영향력을 계속 유지시키기 위해 말을 타고 마을을 돌아다니는 이 남자의 존재는 시사하는 바가 있다.

이스마일 카다레의 오로쉬 성은 프란츠 카프카의 『성』에 대한 하나의 주석인지 모른다. 카다레에게 카프카의 『성』을 주석하고 싶은 욕망이 있었는지 없었는지는 중요하지 않다. 그러나 우리가 이 작품 속에서 카프카의 난해한 성의 실체를 어느 정도 확인할 수 있다면 그것은 결코 작은 수확이라고 할 수 없다.

예찬보다 더 좋은 것은 없다

예찬보다 더 좋은 것은 없다. 어떤 아름다운 음악가, 한마디 우아한 말, 어떤 장엄한 풍경, 심지어 지옥처럼 웅장한 공포 앞에서 완전히 손들어버리는 것, 그것이 바로 삶에 의미를 부여하는 것이다. 예찬할 줄모르는 사람은 비참한 사람이다. 그와는 결코 친구가될 수 없다. 우정은 함께 예찬하는 가운데서만 생겨나는 것이기 때문이다.

—미셸 투르니에, 『예찬』, 현대문학, 2000

책을 읽으려고 할 때 나는 거의 항상 연필을 찾는다. 아주 오래된 습관이다. 밑줄 그을 문장을 찾기 위해 책을 읽는다고 해도 허풍은 아니다. 내 독서는 그래서 속도가 느리다. 속독의 효용을 믿지 않는 나는 속독해도 되는 책은 아예 읽지 않아도 상관없는 책일 가능성이 높다는 편견을 가지고 있다.

연필이 옆에 없을 때 내 독서는 불안하다. 밑줄 그을 문장이 없을 때 내 독서는 허전하다. 문장 밑에 줄을 그을 때 나는 그 글을 쓴 작가와 악수하는 느낌에 빠진다. 그 문장의 주인이 더할 수 없이 친근해지고 나는 행복하다. 문장 아래 밑줄을 긋는 것은, 그 문장을 쓴 작가에 대한 내 나름의 예찬의 방식이다.

예찬보다 더 좋은 것은 없다고 미셸 투르니에는 말한다. 그것이 삶에 의미를 부여하는 것이라고 그는 이어서 말한다. 예찬할 줄 모르는 사람은 비참한 사람이라고도 말한다. 옳다, 옳다, 하고 나는 손을 내민다. 손을 내밀어 밑줄을 긋고, 그렇게 나는 그와 악수한다. 그렇게 나는 그를 예찬한다.

감동하기 위해 우리는 산다. 예찬은 감동의 외연. 그러니까 감동이 없으면 예찬도 없다. 물론 감동 없이도 살 수는 있다. 그러나 그런 사람의 삶은 껍데기의 삶이다. 인간의 근원적인 열정은 호기심이라고 투르니에는 말한다. 그에게 호기심은 예찬하고자 하는 욕구와 동의어다. 투르니에처럼 사물들이 내는 신호를 정밀하고 독특하게 해석해내는 사람을 나는 알지 못한다. 그의 정신이 호기심, 예찬하고자 하는 욕구로 충일하기 때문일 것이다. 그의 글을 읽을 때 여러 종류의 나무들이 각각의 개성을 유지한 채 서 있는 사유의 숲에 들어선 듯한 느낌에 젖는 것은 그 때문이다.

호기심, 예찬하고자 하는 욕구를 잃은 사람에게 감동을 기대할 수 없다. 그 사람은 감동할 수 없고, 그러므로 당연히 감동시킬 수도 없다. 감동시키는 자는 먼저 감동하는 자다.

나는 안다. 미셸 투르니에는 감동하는 자라는 걸. 그리고 나는 또 안다. 그는 아주 천천히 읽는 사람이다. 오독 없이 빨리 읽기란 쉽지 않다. 빨리 읽기를 통해 예찬에 이를 수 있는 길 또한 거의 없다. 책만 아니라 사람은 더욱 그렇다.

예찬보다 더 좋은 것은 없다.

약한 자의 초상

"성화를 밟은 자에게도 밟은 자로서의 할 말이 있어
요. 성화를 제가 즐거워서 밟았다고 생각하십니까? 밟
은 이 발은 아픕니다. 아파요. 나를 약한 자로 태어나
게 하시고 강한 자 흉내를 내라고 하나님은 말씀하십
니다. 그건 무리라고 생각하지 않습니까?"

———엔도 슈사쿠, 『침묵』, 홍성사, 1982

엔도 슈사쿠의 소설 『침묵』 속의 인물 기치지로
의 항변이다. 약한 자의 목소리다. 약자의 변명, 약
자의 논리. 내가 읽은 어떤 소설 속의 인물도 이처
럼 비겁하고 겁 많고 나약하지 않았다. 박해와 죽
음을 무릅쓰지 않고는 기독교 신자가 될 수 없었던
1600년대의 일본 사회가 이 소설의 배경이다. 배교

의 표시로 예수의 초상이 그려진 성화를 밟을 것을 요구받은 자리에서 형과 누이는 거절하고 순교하지만 기치지로는 예수의 얼굴을 밟고 배교자가 된다. 그러나 그러고도 그는 가톨릭을 떠나지 않는다. 박해가 오면 견디지 못하고 몇 번이고 성화를 밟지만 그러나 그런 후에도 그는 여전히, 다시 기독교인이다. 몇 번이고 배교한다. 그러고 몇 번이고 다시 기독교인이 된다.

매력이라고는 하나도 없는 이 불쌍한 배교자에게서 우리는 인간 조건과 관련된 중요하고 깊은 문제들과 만난다.

그는 자기 자신에 대해 두 가지를 한탄한다. 하나는 천성적인 약함이고 다른 하나는 자신의 천성을 가지고는 믿음을 지키며 살기가 힘든 자신의 시대다. 태어날 때부터 강한 사람이 있는 것처럼 약한 사람도 있다. 약하게 태어난 사람에게 강한 자 흉내를 내게 하다니, 가혹하지 않은가? 이렇게 태어난 것을 어떻게 하란 말이냐? 이런 식의 항변은 천성의 비중을 거의 절대화함으로써 인간의 행위에 대한 책임을 인간들 자신으로부터 면제시키려 한다는 의혹을 불러일으킨다. 대의와 진리를 위해 목숨을 내놓는 사람들 역시 단지 강하게 태어났기 때문이라는 생각으로 이어지면 연마해야 할 덕성이나 훈련의 가치가 무색해지게 된다. 결정론은 인간을 허깨비로 만든다. 그럼에도 불구하고 육체적으로든 정신적으로든 강하지 않은 사람들이 존재하는데, 그들의 약함이 비난의 이유가 되어야 하는가 하는 질문은 무시할 수 없는 무게를 지닌다. 인간의 책임의 한계가 어디까지인가는 쉬운 문제가 아니다.

천성적인 약함의 문제가 문학적으로 수용되는 자리는 그 인물이 놓인 개별적인 상황 속에서다. 이 소설은 특정 종교를 받아들이는 것이 박해의 구실이 되지 않는 시대에 태어났다면 아무 문제가 없는, 어쩌면 너무나 신실하고 모범적인 신자가 되었을 한 나약한 인물의 초상을 통해 배교자를 만드는 것이 시대적 상황이라는 인식을 은연중에 드러낸다. 순교자를 만드는 것이 시대인 것처럼 배교자를 만드는 것 또한 시대다. 상황 속에 있는 인간만이 소설의 관심의 대상이다.

성화를 밟는 기치지로는 말한다. 나도 아파요. 성화를 밟는 발의 고통에 대해서 엔도 슈사쿠는 민감하다. 밟히는 자가 아니라 밟는 자도 아픔을 느낀다. 밟지 않고 고문당하는 자도 아프지만 고문당하지 않고 밟는 자도 아프다. 때로는 더 아프다. 그리고 어쩌면 이 점이 중요할 텐데, 성화를 밟는 순간 고통을 느끼는 자는 결코 배교할 수 없다. 여기에 역설이 있다. 성화를 밟는 것은 배교의 표현으로 강요되었다. 그러나 성화를 밟기 때문에, 밟는 순간 고통을 느끼기 때문에 오히려 기치지로는 배교할 수 없다. 나는 이 생각을 조금 더 밀어붙여본다. 강한 자는 성화를 밟지 않고, 기꺼이 고문당하고 목숨을 내놓기도 한다. 그의 고통이 기치지로의 고통보다 크다고 할 수 있을까. 아니, 내 질문은 이렇다. 만일 고문당하고 목숨을 내놓는 사람이 천성적인 강인함으로 고통 없이 영웅적으로 그렇게 하는 거라면, 그의 그 숭고한 순교 행위에 무슨 의미가 있단 말인가. 무식하게 말해서 그가 목숨을 내놓는 것이 기치지로 같은 사람이 성화를 밟는 것보다 더 쉬운 일이라면, 그는 쉬운 일을 한 것이고 기치지로는 어려운 일을 한 것이다.

생각은 자연스럽게 골고다의 예수에게로 옮겨 간다. 그는 무거운 십자가를 지고 채찍에 맞고 못에 찔리고 언덕에 세워지고 피 흘리고 죽는다. 그것은 그에게 쉬운 일이었을까? 그것은 그의 영웅적인 행위였을까. 그는 천성적으로 강하니까(그는 신神-인人이었으니까) 아무 고통도 느끼지 않았을까. 그렇다면, 그것이 그렇게 쉬운 일이었다면, 인간과 세상을 향한 그의 구속이라는 테마는 눈 가리고 아웅 하는 식에 불과한 것이 아닌가. 그의 고통이 연기라면 그의 구속 역시 연기 외에 아무것도 아닌 것이 된다.

이 작가의 놀랍고 참신한 견해에 의하면 예수는 전혀 강한 자가 아니었다. 그의 다른 저서 『예수의 생애』에 묘사된 예수는 한없이 야위고 지치고 무력하고 나이보다 더 나이 들어 보이는 초라한 사내다. 엔도 슈사쿠의 인간들은 한없이 약하고 무력한 자들이다. 심지어 예수조차도 그러하다. 십자가를 짊어지고 언덕에 세워진 예수는 평균치의 남자들보다 훨씬 더 육체적으로 연약한 자였다. 그는 십자가의 무게에 눌려 쓰러졌고, 얼마간 누군가 그 짐을 대신 져주어야 했었다. 그러니까 그의 십자가의 고통은 연기가 아니었던 것이다. 그는 온몸으로 고통을 받았다. 강해서가 아니라 약하지만 십자가를 졌다. 아무것도 아닌 쉬운 일이었기 때문이 아니라 아프고 힘든 일이었지만 그 일을 했다. 그것은 사랑 때문이었다, 라고 엔도 슈사쿠는 우리에게 여러 번 강조한다. 그리고 그 사랑은 약함에서 나온 것이었다, 라고 그는 아주 자주 말한다. 사랑은 약함에서 나오는 역설의 힘이라는 것, 능력이 있기 때문이 아니라 사랑하기 때문에 괴로움 속으로 들어갈 수 있다는 메시지.

이 생각은 자기 때문에 고문을 당하며 죽어가는 불쌍한 신도들을 구하기 위해 스스로 배교의 길을 택하는 신부의 초상에서 다시 확인된다. 순교는 최고의 영광으로 간주된다. 그것은 강한 자들의 특권이고 영예다. 한데 최고의 영광을 버리고라도 다른 사람의 희생을 막아야 하는가?『침묵』은 상황 속에서의 진실에 대해 묻는다. 믿음을 지키는 것이 옳으냐 지키지 않는 것이 옳으냐 묻는다면 그 대답은 너무 뻔하다. 누구도 믿음을 지키는 일의 가치를 무시할 수 없다. 그렇지만 상황을 고려하지 않은 어떤 원칙적인 대답도 진리는 아니다. 순교 속에 허영이나 오기나 영웅심이 개입해 있을 수도 있고, 배교가 가장 괴로운 사랑의 행위일 수도 있다는 것이 상황의 진실이다. 예컨대 이 소설의 진실이다.

신부의 마음을 결정적으로 움직인 것은 죽어가는 신도들의 괴로운 비명 소리다. 교묘한 일본의 관리들은 그를 배교시키기 위해 그가 보는 앞에서 농민들을 가마니에 말아 바다에 던진다. 관리들은 말한다. 예수의 성화를 밟고 지나가라. 그러면 저자들을 살려주겠다. 자기 때문에, 그러나 기쁜 마음으로 "어서 가자, 어서 가자, 천국의 궁전으로……" 노래를 부르며 죽어가는 사람들을 생각하면서 그는 고민에 빠진다.

그 역시 약하다. 그가 강하다면 그는 신도들의 신음 소리에 흔들리지 않을 것이다. 그가 강하다면 그는 기꺼이 영광을 위해 죽을 것이다. 그러나 그 또한 약하기 때문에 신도들의 신음 소리를 무시하지 못한다. 듣고서 듣지 않은 척하지 못한다. 사랑은 약함에서 온다. 강한 자는 사랑하지 못한다. 적어도 우리가 말하는 이런 사랑은 할 수 없다. 신부는 (순교를 통한) 자신의 영광이 아니라 (배교를 통한) 사랑을 택한다.

그는 수많은 사람들의 발에 밟혀서 닳고 오그라진 예수님의 성화를 밟는다. 신부는 몸부림친다. 그리고 신음처럼 내뱉는다. "아프다." 그는 마치 고문을 당하는 것처럼 신음한다. "그는 발에 저린 듯한 무거운 통증을 느꼈다." 왜 고문을 당하는 것처럼이겠는가. 그것이야말로 가장 잔인한 고문이다. 그보다 더 고통스러운 고문이 어디 있겠는가.

그때 그가 예수님의 음성을 듣는다고 하는 설정은 그다지 신선하지 않다. 그러나 그가 듣는 예수의 말은 우리의 가슴을 친다. 성화 속의 예수님은 그에게 말했다.

> "밟아도 좋다. 네 발의 아픔을 내가 제일 잘 알고 있
> 다. 밟아도 좋다. 나는 너희들에게 밟히기 위해 이 세
> 상에 태어났고, 너희들의 아픔을 나누기 위해 십자가
> 를 짊어진 것이다."
>
> —앞의 책

작가는 그의 행위에 대해 '지금까지 누구도 하지 않았던 가장 괴로운 사랑의 행위'라고 말한다. 페레이라 신부의 입을 통해 말해진 것이긴 하지만 엔도 슈사쿠가 하고 싶었던 놀랍고 충격적인 메시지는 이것이었다.

"그리스도께서 여기에 계신다면, 그분은 그들을 위해 분명히 배교했을 것이다. 사랑 때문에 그분은 배교했을 것이다."

'사랑 때문'이라는 말은 이 작가의 문맥에서는 '약함 때문'이라는 말이다. 예수가 강하다면 그는 배교하지 않을 것이다. 왜? 사랑이 없으니까. 작가는 신

부가 밝기 전에 바라본 성화 속의 예수에 대해 다음과 같이 묘사했다. "예수는 슬픈 듯한 눈길로 신부를 바라보고 있다. 그 눈에서는 정말 한 줄기 눈물이 넘쳐흐를 것만 같았다." 이런 예수의 초상은 엔도 슈사쿠의 텍스트 바깥에서는 좀 낯설다. 예수의 눈물 어린 이 얼굴은 그가 그린 가장 아름다운 그림이다.

비겁하고 겁 많고 배교를 밥 먹듯 하는 기치지로의 약함과 신도들을 구하기 위해 배교자가 되는 신부의 약함과 세상과 인간에 대한 연민 때문에 슬퍼하는 예수의 약함이 꼭 같지는 않다. 그러나 그들은 영웅이 아니라는 점에서 같다. 예수는 자신의 약함으로, 그 큰 약함에서 나온 큰 사랑으로 우리와 너무나 닮은 기치지로, 기치지로와 너무나 닮은 세상의 모든 약함을 끌어안는다. 영웅이기 때문이 아니라 사랑이기 때문이다. 행위의 형태가 아니라 그 행위의 동기가 언제나 중요하다. 상황 윤리자들은 모든 규범을 부정하고 단 하나의 규범만을 인정한다. 그들이 알고 있는 유일한 규범은 사랑이다.

이 책을 처음 읽었을 때 나는 하늘의 법과 땅의 현실, 신의 섭리와 인간의 책임에 대한 형이상학적 고민에 빠져 휘청거리던 신학생이었다. 하늘의 법은 무겁고 단호했고, 땅의 현실은 비참했다. 신의 뜻은 멀고 인간은 순간순간 결단을 요구받고 있었다. 적어도 내가 느끼기에는 그랬다. 심약한 신학생은 그 사이에서 흔들렸다.『침묵』은 하늘의 뜻과 인간의 책임 문제에 대한 썩 유효한 해답을 나에게 제시했다.

작가가 되고 얼마 있지 않아 나는 이 소설을 흉내 낸 소설을 원고지 300매 정도 썼다. 그러나 발표하지는 못했다. 다만 흉내일 뿐 너무 초라하고 부끄러웠기 때문이다. 그 빛바랜 원고는 내 책상 깊은 곳 어딘가에 아마 아직 있을 것이다. 그러나 찾고 싶은 생각은 없다. 영원히 발표하지 못할 테니까.

내가 살아 있다는 루머

일찌기 나는 아무 것도 아니었다.
마른 빵에 핀 곰팡이
벽에다 누고 또 눈 지린 오줌 자국
아직도 구더기에 뒤덮인 천년 전에 죽은 시체.

아무 부모도 나를 키워 주지 않았다
쥐구멍에서 잠들고 벼룩의 간을 내먹고
아무 데서나 하염없이 죽어 가면서
일찌기 나는 아무 것도 아니었다.

떨어지는 유성처럼 우리가
잠시 스쳐갈 때 그러므로,
나를 안다고 말하지 말라.

나는너를모른다 나는너를 모른다,

너당신그대, 행복

너, 당신, 그대, 사랑

내가 살아 있다는 것,

그것은 영원한 루머에 지나지 않는다.

—최승자, 「일찌기 나는」, 『이 시대의 사랑』, 1981

　풍경화는 나를 매료시키지 못한다. 일찍부터 그
랬다. 자화상을 그린 화가들에게 나는 훨씬 잘 이
끌린다. 화가들은 왜 자기 얼굴을 그릴까. 그들이 나
르시스이기 때문이라고 말하는 것은 반만 맞거나,
심지어는 전혀 맞지 않다. 자화상을 그리는 화가들
은 물에 비친 자기 얼굴에 반해 빠져 죽었다는 나
르시스와는 대체로 상관이 없다. 생의 고독과 내면
의 어둠이 덧칠된 고흐나 뭉크의 자화상에서 자기
애의 흔적을 찾는다는 것은 불가능하다. 자기를 못
견뎌 한 것이라면 몰라도 자기를 사랑한 흔적은 아
니다. 자화상이란 자의식의 산물. 그들은 자의식에

사로잡힌 자들이다. 그들은 자기를 찾아야 하고, 자기를 관찰해야 하고, 자기를 추구해야 하므로 밖으로 시선을 돌리지 않거나 돌리지 못한다. 바깥의 풍경은 그들을 사로잡지 못한다. 바깥의 풍경이 그들을 사로잡지 못하기 때문에 자신의 내부에 몰두하는 것이 아니라 자신에게 몰두하기 때문에 바깥의 풍경에 사로잡히지 못한다. 자신의 내면이야말로 평생을 바쳐 탐구하고 찾고 그려야 할 하나의 거대한, 유일한 세계이므로 다른 곳으로 눈 돌릴 수 없다. 눈 돌리지 않는다.

자화상을 보고 있는 것 같은 느낌을 주는 글이 있다. 자의식에 사로잡힌 문장을 접할 때 내 정신의 섬모들은 일제히 일어서며 물결치며 요동한다. 나는 느낀다. 저 작가는, 저 시인은 자기 안에 우주를 가지고 있구나. 그의 우주는 바깥이 아니라 자기 안에 있으므로, 바깥이 아니라 자기 안을 살피고 검색하고 추적하지 않을 수 없는 것이로구나……. 그가 서정시를 쓰지 않거나 못하는 것은 자화상을 그리는 화가가 풍경화를 그리지 않거나 혹은 못하는 것과 같은 이유다. 그는 자기를 지나치게 사랑하는 것이 아니라 자기 안의 미궁에 지나치게 빠져 있는 것이다. 자기 안에 이미 미궁을 가지고 있는 자는 자기 밖의 미궁을 기웃거릴 여유가 없는 법. 그의 내면보다 더 크고 복잡한 세계는 없다. 자신의 내부에 미궁을 가진 사람에게 세계의 미궁은 아직 관심의 대상이 아니다.

여기 "일찌기 나는 아무 것도 아니었다"라고 선언한 시인이 있다. 나는 그의 시를 1982년 봄에 읽었다. 스물세 살이었다. 4학년이었고, 군대에 가기 1년 전이었고, 불성실한 신학도였고, 그리고 어설픈 소설가였다. 몇 달 전에 엉겁결에 소설가가 되었지만 문학이 나를 자주 부를 거라는 확신은 생기지 않았고, 미래는 막막하고 불투명했다. 학교는 시끄러웠고, 세상은 복잡하고 난해했다.

그리고 내 불쌍한 청춘의 욕망과 결핍! 먹어도 먹어도 허기가 채워지지 않는 에리직톤의 형벌이 가난한 청춘의 정신을 고문했다. 끊임없이 허기에 시달리면서도 나는 내가 무엇을 욕구하는지 잘 몰랐다. 나는 내 안에서 욕구하는 자의 정체조차 몰랐다. 나는 내가 누구인지조차 몰랐다. 낯설지 않은 타인이 없었고, 타인과의 만남을 두려워하지 않아 본 적도 없었다. 나에게 상처를 주거나 내가 상처 입힐 대상이 아닌 타인은 없었다. 친구를 만들지 못한 것은 너무나 당연했다. 그런데도 겨울밤의 외풍과도 같은 외로움은 피해지지가 않았었다. 사람을 두려워하면서 사람을 그리워했다. 두려워한 만큼 그리워했다. 그것은 형벌과 같았다. 내 그리움은 내 두려움의 다른 쪽 얼굴이었다. 사람은 만나서는 안 되었고, 그러나 만나지 않으면 안 되었다. 만나지 않으면 내 존재가 미완성이었고, 만나면 내 존재가 훼손되었다. 나는 내가 무엇을 원하는지도 몰랐고, 혹은 알았고, 몰랐기 때문에, 혹은 알았지만 어떻게 살아야 할지 갈피를 잡지 못했다. 늘 추웠고 허기졌고 불안했다. 음악다방 같은 데 한나절씩 앉아 있거나 생각난 듯 길거리를 무작정 쏘다니거나 며칠 동안 꼼짝하지 않고 흡사 빛을 싫어하는 무슨 벌레처럼 방 안에 틀어박혀 지내거나 했다. 말하자면 그런 것들이 내 일과였다. 나는 내 안의 어둠 속으로 기꺼이, 아니 어쩔 수 없이 기어들어갔고, 그 안에서 서성거렸고, 그러면서 내 내부의 더 안쪽에 미궁이 있다는 것을 알았고, 거기서 길을, 어쩌면 자발적으로 잃었다. 그런 어느 시간의 아슬아슬한 벼랑 위에서 그의 시를 읽었다.

일찌기 나는 아무 것도 아니었다.

그 한 문장은 내가 산 그의 첫 시집에 실린 첫 시의 첫 행이었다. 한낮에도 빛이 들어오지 않아 어둡고 퀴퀴한 냄새까지 나는 자취방이었을 것이다. 그 한 줄의 문장을 읽는 순간 전율 같은 것이, 소름 같은 것이 온몸을 훑고 지나갔다. 그것은 감동과는 좀 달랐다. 내 안에서 나오는 목소리를 들은 것 같은 기분이라고 해야 할까. 속에 늘 담아 가지고 다니면서도 차마 내뱉지 못했던, 내뱉을 수 없었던 부재에 대한 강렬한 자의식. 그것은 낯설고 낯익었다. 내 것 같지만 내 것이 아닌 어떤 것과 조우했을 때의 야릇한 느낌. 그 느낌이 최승자 시의 첫인상이었다.

"아무 부모도 나를 키워 주지 않았다"라는 선언은 "나를 키운 건 팔 할이 바람이었다"라는 미당의 문장과 얼마나 가깝고 그러면서 또 얼마나 먼가. 누가 '아무' 부모, 라는 말을 쓰겠는가? 누가 세계와의 단절을, 단절의 합리화를 이렇듯 아무런 꾸밈도 가림도 없이 선언하겠는가? 누가, 자신의 살아 있음을 영원한 루머라고 단정할 수 있겠는가?

그의 언어는 아직 옷을 걸치지 않은, 옷을 걸칠 필요를 느끼지 않는, 느끼기 전의, 혹은 걸칠 옷을 아직 마련하지 못한 자의 알몸의 언어다. 8할의 바람이라는 장식은 너무 관념이어서, 어쩌면 너무 정신이어서 그의 손에 닿지 않았을 것이다. 세상과 대결하는 맨몸의 자의식을 나는 그의 시에서 보았다.

타인과의 어떤 만남도 참된 만남은 아니라는 시인의 비극적 인식은, 나를 안다고 말하지 말라, 는 절규로 이어진다. 그러나 나는 너를 모른다, 고 시인이 거듭거듭 외칠 때 독자인 내가 그 부정문 속에서 읽는 것은 강한 부정 속에 숨어 있는, 숨어 있기 때문에 더욱 무서운, 무섭기 때문에 숨을 수밖에 없었을 밖에 대한, 세계에 대한 순결한 소통에의 욕망이다. 그가 타인과 세계를 부정하는 것이, 타인과 세계를 너무나 강하게, 근본주의적으로, 욕망하기 때문이라는 사실을 나는 알아차렸다. 그는 윤리나 종교나 이념이 아닌, 삶 자체에 대한 원리주의자다. 원리주의자는 욕망하는 바가 너무 크고 추구하는 바가 절대이기 때문에 언제나 세상과 사이가 나쁘고, 때때로 공격적으로 변한다. 상처를 입거나 상처를 입히는 것은 그 때문이다.

어떤 세계보다 더 크고 복잡한 세계를 자기 안에 가진, 그래서 자기 안의 미궁이 아닌 어떤 세계에 대해서도 아직 관심이 없는 한 정신이 나를 홀렸다. 알 수 없는 친근감이 내 안에서부터 솟구쳤다. 시인이 들으면 입술을 비틀고 웃을지 모르지만, 그 시를 읽으면서 내가 느낀 것은 일종의 동류의식이었다. 내 안의 목소리를 들은 것 같았고, 그랬으므로 나는 행복했다. 나는 너를 모른다, 는 말을 들으면서 나는 행복했다. 나를 안다고 말하지 말라는 말을 들으면서 나는 마조히스트처럼 행복했다. 내가 살아 있다는 것, 그것은 영원한 루머에 지나지 않는다, 는 비장한 선언문을 들으면서 나는 너무 행복해서 혼절할 지경이었다.

　내가 살아 있다는 것, 그것은 영원한 루머에 지나지 않는다. 조금 과장해서 말하자면, 이 한 문장으로 나는 나의 불안한 20대를 달래며 건너왔다. 마흔이 넘은 지금, 세상과의 사이는 겉으로 보기에는 그럭저럭 좋아졌다. 시간의 선물일까. 20대보다는 덜 날카롭고 더 평평해졌다. 가끔 거울을 본다. 얻은 것이 잃은 것보다 더 값지다고 말할 수 있는지 자신 없어지는 순간이 많다. 그럴 때면 그 시절의 자의식을 불러내기 위한 주문처럼 입에 붙은 그의 시구절을 가만히 읊조리곤 한다.

신 없는 인간의 자기 분열

1913년 알제리에서 태어났고 1957년 노벨문학상을 받았으며 1960년 교통사고로 죽었다. 알베르 카뮈. 그는 『이방인』의 작가이고 『페스트』의 작가이고 『시지프스의 신화』의 작가이다. 그리고 그는 또 『전락』의 작가이기도 하다.

『전락』은 강한 윤리 의식을 앞세우고 비교적 선명한 사상을 전개하는 카뮈의 작품 세계에 비추어볼 때 조금 특이한 작품이라고 할 수 있다. 이 작품은 일목요연한 스토리를 따라 이야기가 흘러가지 않는다. 사건이 고리를 물고 이어지지도 않는다. 그렇다고 『반항인』이나 『시지프스의 신화』와 같은 철학적 저서라고 할 수도 없다.

그러나 소설 안에 에세이적 요소가 가미된 이 작

품은 어떤 의미에서 가장 카뮈를 잘 드러낸 텍스트라고 할 만하다. 예컨대 그는 작가만도 아니고 철학자만도 아니었다. 그는 작가이면서 동시에 철학자이기도 했던 것이다. 『이방인』과 『페스트』가 작가로서의 카뮈의 저작이고 『반항인』과 『시지프스의 신화』는 철학자로서의 카뮈의 저작이라고 한다면 『전락』은 작가이면서 동시에 철학자인 카뮈의 작품이라고할 만하다. 이 작품이 가장 카뮈를 잘 드러낸다는 말은 그런 뜻으로 한 말이다.

우리는 『전락』에서 현대의 문제를 직시하며 시대를 고뇌했던 위대한 사상가이며 작가인 알베르 카뮈의 신랄한 현대 진단과 마주한다. 신을 잃어버린, 또는 신을 폐위해버린 인간의 환멸과 혼란, 불안과 정신 분열의 고백을 듣는 일은 역겹고 고통스럽다. 그것은, 카뮈가 반복해서 말하고 있는 대로, 그 고백이 곧 고발이기 때문이다. 작중 화자인 클라망스는 자신을 '재판관이자 참회자'라고 말한다. 그가 참회자가 된 것은 고발하고 재판하기 위해서다. 고발하고 재판하기 위해서만 우리는 고백한다. '내가 나 자신을 고발하면 할수록' 타인을 심판할 권리도 더 확고해지기 때문이다.

남을 비판할 권리를 갖기 위해서 자기 자신을 통렬히 비판할 수밖에 없었다. 재판관은 누구나 결국은 참회자가 되고 마는 법이니까……

*

프랑스의 유능한 변호사였던 클라망스는 암스테르담의 한 술집에서 처음 만난 사람에게 자신의 경험과 심정을 털어놓는다. 처음부터 끝까지 클라망스 혼자 이야기한다. 마치 한 편의 모노드라마와 같다.

그는 유능하고 자신만만하고 매력적이다. 그것만이 아니다. 그는 어려운 사람을 도와주고 선을 베푸는 걸 좋아한다. 그는 자신이 남보다 우월하다고 느낀다. 그리고 그것은 어느 정도 사실이다.

그런 그의 삶이 어느 가을날 밤 이후 바뀐다. 어느 날 그는 다리를 건너다가 갑자기 웃음소리를 듣게 된다. 웃는 사람은 없지만 웃음소리가 들린다. 웃음소리는 그의 내면에서 터져 나온 것이다. 그 웃음소리가 그를 괴롭힌다. 그는 그 웃음소리 때문에 다리를 건너지 못하게 된다.

도대체 무슨 일이 있었을까? 2, 3년 전의 어느 밤에 그는 그 다리를 건너가고 있었다. 자정이 지난 시간이었고 인기척이 없었다. 그는 난간에 허리를 굽히고 강물을 굽어보고 있는 젊은 여자를 스쳐 지나간다. 어떤 예감이 느껴졌지만 그는 가던 길을 계속 간다. 한 50미터쯤 갔을 때 사람의 몸이 강물에 떨어지는 소리를 듣는다. 그는 그 자리에 우뚝 서긴 하지만 뒤돌아보지는 않는다. 여러 번 되풀이되는 비명 소리가 들려오다가 돌연 얼어붙은 듯한 침묵이 찾아온다. 그는 추위와 전율로 몸을 덜덜 떨며 움직이지 않는다. 다만 "너무 늦었어, 너무 멀어"라고 중얼거릴 뿐이다. 그리고 그 사실을 아무에게도 말하지 않는다.

몇 년이 지난 후 그때 일이 그를 괴롭힌다. 깊고 끈질긴 죄의식은 유능하고 존경받는 변호사의 삶을 다리 밑의 물속으로 끌어내린다. 그때부터 그는 전락하기 시작한다.

*

죄의식이 이 작품의 핵심에 있다. 클라망스의 전락의 원인은 다리 위에서 듣게 되는 웃음소리다. 그 웃음소리는 그의 내면에서, 무언가를 상기시키기 위해 터져 나온다. 가장 정확하고 엄격한 재판관은 타인도 하나님도 아니고 자기 자신이다. 내면 깊은 곳에서 터져 나오는 웃음소리, 그것이다. 그래서 『전락』의 주인공은 스스로 자신의 재판을 진행시키지 않으면 안 된다.

그는 속죄자로서 고백하고 재판관으로서 고발한다. 자신의 선행에 깃들어 있던 허영과 에고이즘을.

나는 남에게 적선하기를 좋아했어요. 독실한 기독교 신자인 내 친구 한 사람은 거지가 자기 집으로 다가오는 걸 볼 때 가장 먼저 느끼게 되는 감정은 불쾌

감이라고 실토하더군요. 그런데 내 경우는 말입니다,
그보다 더 악질이었어요. 나는 기뻐서 어쩔 줄 모르는
거예요.

—알베르 카뮈, 『전락』, 김화영 옮김, 책세상, 1989

불쌍한 사람을 돕는 것이 그에게 쾌감을 제공하기 때문에 불쌍한 사람을 돕는다는 것은 사랑이 아니다. 그가 불쌍한 사람을 위해 있는 것이 아니라 불쌍한 사람이 그의 쾌감과 만족감 또는 우월감을 위해 있어야 하는 형국이 아닌가. 그의 참회와 고발은 신랄하다. 선행의 동기가 허영심이고 이기심이라는 지적으로부터 자유로울 수 있는 사람이 얼마나 있을까. 클라망스가 자신을 참회자이면서 동시에 재판관이라고 말하는 까닭이 여기 있다. 그는 참회하면서 재판한다. 그는 자신을 고발하면서 우리를 재판하고 현대를 고발하고 인류를 재판한다.

클라망스는, 또는 우리는 자신에게 피해를 끼치지 않는 범위 안에서만 선을 베푼다. 클라망스는, 그리고 우리는 자신에게 쾌감을 주고 만족감을 주는 경우에만 선행을 베푸는 사람이다. 남을 돕되 나에게는 손해가 없어야 하고 나의 이기심을 만족시켜야 한다. 장님을 도와주고 고개 숙여 인사할 때 그것은 분명히 그 장님에게 하는 것이 아니다. 장님은 볼 수 없으니까. 그럼 누구한테? '관객한테'라고 카뮈는 대답한다. 거지에게 기꺼이 돈을 주는 사람이 강물에 떨어져 죽는 사람을 보면서 모른 체할 수 있는 비밀이 여기 있다. 관객도 없고 쾌감도 없으므로 추운 강물에 뛰어들 이유가 없는 것이다.

*

그러나 결국 그는 어디선가 들려오는 웃음소리를 듣게 된다. 이 웃음소리를 어떻게 해야 하는가. 그는 웃음소리를 듣지 않기 위해 방탕에 빠진다. 클라망스에 의하면 방탕이란 '아무런 의무를 동반하지 않는 것이므로 인간을 해방시켜 주는 것'이다. '자기자신만을 끔찍이 여기는 사람들이 가장 즐겨 찾는 것'이 바로 방탕이기도 하다. 그 결과 웃음소리는 점차 어렴풋해지다가 마침내 들리지 않게 된다.

그러나 방탕은 그를 구원하지 못한다. 신을 기억하지 못하는 시대의 거짓 구원. 방탕이 어떻게 구원일 수 있을까. 어느 날 배를 타고 가다가 바다 위에 떠 있는 쓰레기를 보는 순간 그는 여러 해 전에 그의 등 뒤에서 울렸던 그 비명 소리가 대양의 끝없는 공간을 거쳐 온 세상을 쉬지 않고 떠돌다가 그곳에서 자신을 기다리고 있었다는 사실을 깨닫는다.

그러고 사유의 착란이 이어진다. 이런 목소리를 들어보라. "결국 가장 중요한 것은 더 이상 자유 같은 것은 갖지 말고 그저 참회하면서 자기보다 더 악랄한 놈에게 복종하는 게 좋다 이겁니다. 우리 모두가 다 같이 죄인이 되면 그야말로 민주주의겠지요." 신을 잃어버린, 신을 기억하지 못하는 시대의 인간의 비참과 혼란은 사고의 분열로 귀착한다. 안타깝게도 전락의 자리를 박차고 상승하는 길은 제시되지 않는다.

클라망스는 스스로를 구세주를 잃은 엘리야로 자처하고 심지어는 하나님인 양한다. 참회를 한다고 하지만 그러나 정말로 그가 하고 있는 것은 참회가 아니라 고발이고 심판이다. 그는 사람들 위에 군림 하고 사람들을 심판할 명분을 얻기 위해 참회를 하 는 것처럼 할 뿐이다. 그의 선행이 포즈에 불과했던 것처럼 그의 참회 또한 포즈에 지나지 않는다.

이제부터 고백을 하겠노라고 할 때야말로 경계를 해야 할 순간이다. '시체에 화장을 하려 드는 것'이 니까.

아가페와 에로스의 부딪침

연애소설을 읽는 즐거움이 있다. 그러나 읽는 즐거움을 선사하는 연애소설은 의외로 드물다. 나는 지금까지 그런 소설을 다섯 권도 채 못 읽은 것 같다. 나를 만족시키는 연애소설은 비극이고, 내면의 갈등을 다룬 것이다. 연애소설을 잘 쓰는 작가는 심리묘사를 섬세하게 할 줄 알아야 하고 무엇보다 진지해야 한다. 내 취향을 말하자면 연애소설은 깊고 심각해야 한다. 감상과 가벼움과 경박함을 앞에 내세우는 연애소설들은 단지 독자를 지치게 할 뿐이다.

나는 『젊은 베르테르의 슬픔』과 『좁은 문』을 깊고 심각한, 읽는 즐거움을 선사한 두 권의 연애소설로 기억한다.

『좁은 문』을 연애소설이라고 부를 수 있느냐고 의문을 제기하는 사람이 있을 수 있다. 그런 사람들은 연애소설에 대한 편견을 가지고 있을 확률이 높다. 연애소설을 폄하하는 것은 그가 읽을 가치가 없는 가짜 연애소설만을 읽었거나, 결국 같은 이야기지만, 읽을 가치가 있는 진짜 연애소설을 읽지 않았기 때문이다.

『좁은 문』에서 우리는 아가페와 에로스의 부딪침을 본다. 그것은 감각과 정신의 부딪침이고 지상과 천상의 부딪침이며, 인간적인 것과 신적인 것의 부딪침이다. 소설 속의 주인공인 알리사의 언어로 말하면, 그것은 성性과 사랑의 부딪침이다. 이 화해하기 힘든 두 세계의 부딪침이 갈등을 부르고 소설의 깊이를 만든다. 고민하지 않는 좋은 소설은 없다. 마찬가지로 고민하게 하지 않는 좋은 소설도 없다.

『좁은 문』은 앙드레 지드가 1909년에 발표한 소설이다. 주인공이 자신의 숙명적인 사랑을 회상하는 형식을 취하고 있는 이 소설의 줄거리는 단순한 편이다. 두 연인, 제롬과 알리사는 외사촌 간이다. 어렸을 때부터 친하게 지내온 그들은 어느 순간 자기들 사이에 이성 간의 사랑이 흐른다는 사실을 알게 된다. 그들은 떨어져 있는 동안 편지를 주고받고 방학이 되면 함께 만나 생활하며 서로의 사랑을 확인한다. 그들은 사랑하므로 행복하다.

알리사가 제롬보다 나이가 많다거나 그들이 친척 간이라는 상황은, 적어도 그 시대의 배경에서는, 그들의 사랑을 방해하지 않는다. 어느 한쪽만 일방적으로 사랑하는 불구의 사랑도 아니다. 사랑을 이야기하는 소설에 갈등이 등장하지 않을 수 없다. 그렇다면 그 갈등은 어디서 오는가? 삼각 구도를 만드는 제3의 인물이 없는 것은 아니다. 줄리에트, 알리사의 동생이다. 정신적이고 진지한 성품의 언니 알리사와는 달리 줄리에트는 자유분방하고 발랄하다. 그녀 역시 제롬을 사랑한다. 그러나 이 삼각 구도는 어떤 역할을 해보지도 못하고 초반에 무너지고 만다. 알리사는 동생을 위해 제롬을 포기할 생각을 하나 줄리에트가 선수를 친다. 줄리에트는 제롬과 알리사가 서로를 진정으로 사랑하는 걸 알고 나이 많은 평범한 구혼자와 사랑과는 상관없는 결혼을 해버린다.

갈등의 요인은 제거된 것처럼 보인다. 그러나 소설은 그 시점에서부터 새로운, 근본적이고 진정한 갈등을 등장시켜 파국으로 끌고 간다. 두 사람의 사랑을 이루어지지 못하게 막는 갈등의 요인이 이 소설의 핵심을 이룬다. 주제가 숨어 있는 부분이고, 이 소설의 가장 깊은 심연이다. 그것은 다름 아닌 종교적 덕성 혹은 신에 대한 사랑이다.

제롬은 알리사에게 결혼할 것을 재촉하지만 알리사는 제롬의 청혼을 회피하고 망설이다가 결국에는 거절하고 만다. 그녀는 그를 사랑하지 않는가? 어쨌든 그와 결혼을 할 정도로 사랑한 것은 아니지 않느냐고 질문할 수 있지만 그 질문은 온당하지 않다. 대답은 그렇지 않다, 이다. 그녀는 그를 사랑한다. 이런 대답이 가능하다면, 그녀는 그와 결혼을 하지 못할 정도로 사랑한다. 그녀가 그와의 결혼을 회피한 것은 그를 충분히 사랑하지 않기 때문이 아니라 그를 너무나 사랑하기 때문이다.

이 역설이 이 소설의 깊이와 닿아 있다. 알리사는 제롬과의 사랑을 통해, 제롬이 알리사를 통해 그런 것처럼, 행복을 느낀다. 사랑을 통해 그녀가 얻은 인간적인 행복이 그의 내면에서 갈등을 만든다. 종교적 구원과 청교도적 덕성을 강조하는 분위기에서 성장해온 알리사의 내면에서 자신의 인간적인 행복을 의심하게 만드는 일이 일어난다. 이렇게 행복해도 되는가, 혹은 신으로부터 오는 것이 아닌 이런 행복을 누리는 것이 정당한 일인가? 이런 질문에 사로잡힌 영혼은 이미 자유로울 수가 없는 것이다.

내가 어렸을 때부터 아름다워지기를 바랐던 것은 제롬 때문이었다. 지금 나는 오직 제롬만을 위해 '완성을 지향'하고 있는 것으로 보인다. 그런데 그 완성은 그가 없어야 이루어질 수 있다는 것, 오 주님이여! 그것이 당신의 가르치심 가운데 내 영혼을 가장 당혹케 하는 것입니다.

—앙드레 지드, 『좁은 문』, 오현우 옮김, 문예출판사, 2004

그를 위해 완성을 지향하는 것이 사실이지만, 그러나 그가 없어야 비로소 완성에 이를 수 있다는 이 역설의 진실이 알리사를 괴롭힌다. 아니, 그녀의 괴로움은 거기서 끝나지 않는다. 그녀는 자기의 구원만이 아니라 제롬의 구원 또한 염려한다. 제롬이 자기의 완성을 막고 있는 것처럼 자기가 제롬의 완성을 막고 있는 것이 아니냐는 성찰에 이르면 그녀의 사랑은 절망이 된다. 그녀는 자기를 제롬과 하나님 사이를 가로막고 있는 장애물로 여긴다.

아아! 이제 나는 너무나 잘 이해할 수 있다. 하나님과 제롬 사이에는 나 자신 이외의 다른 장해가 없다는 것을. 그가 얘기한 것처럼, 나에 대한 그의 사랑이 처음에는 그를 하나님께로 기울게 했다 할지라도, 지금은 그 사랑이 그것을 막고 있다. 그는 나 때문에 머뭇거리고, 나는 그로 하여금 덕성을 더 멀리 밀고 나가지 못하게 저해하는 우상이 되었다.

—앞의 책

알리사의 덕성, 혹은 신의 사랑에 대한 추구는 결국 제롬에 대한 자신의 깊은 사랑을 외면하게 하고 인간적인 행복을 포기하게 한다. 알리사는 집을 떠나 요양원에서 죽는다. 죽는 순간까지 그녀는 제롬을 사랑한다. 사랑하면서도 혹은 사랑하기 때문에 거부해야 하는 알리사의 사랑은 '좁은 문'이라는 제목 속에 압축되어 있다. 그 문은 두 사람이 걸어 들어가기에는 너무 좁은 것일까. 그래서 그녀는 혼자 걸어 들어가기로 한 것일까. '오늘 저의 영혼이 그를 잃고 흐느껴 운다 할지라도, 그것은 훗날 당신의 품 안에서 그를 되찾기 위함이 아니옵니까?' 하는 알리사의 간구는 거의 울부짖음처럼 들린다. 이런 간구는 또 어떤가. '주여, 그만이 내게 알게 해주었던 그 기쁨을 오직 당신에게서만 얻게 해주소서.'

아가페와 에로스의 부딪침을 이 작품처럼 치열하고 깊이 있게, 그러면서도 아름답게 그린 소설은 없었다. 성스러움과 사랑, 혹은 신에 대한 사랑과 인간에 대한 사랑은 병존할 수 없는가, 를 이 소설은 묻는다. 덕성, 완전, 혹은 구원을 향한 알리사의 희생은 반드시 인간적인 사랑과 그로 말미암은 지상의 행복을 포기함으로써만 가능한 것이었는가? 인간의 사랑은 신의 사랑을 획득하는 데, 혹은 덕성과 완전에 이르고 구원을 이루는 데 방해가 되는가? 앙드레 지드는 명쾌하게 대답하지 않는다. 다만 그 두 개의 가치 사이에서 고민하고 갈등하는 한 순결하고 애처로운 영혼의 고통을 눈앞에서 보는 것처럼 선명하게 그려 보일 뿐이다.

어느 쪽의 가치에 비중을 두고 읽을 것인지는 순전히 독자의 몫이다. 인간적인 사랑과 현세의 행복을 포기하고 성스러움을 추구하는 알리사의 영웅적인 종교성에 찬탄을 보내든, 인간적인 사랑과 지상의 행복을 신적인 세계로부터 멀어지는 것으로 인식하고 죄의식에 사로잡히게 하는 과도한 종교적 억압을 비판하든…… 『좁은 문』의 아름다운 사랑은 훼손되지 않는다.